書下ろし

危機

軍鶏《しゃも》侍⑥

野口 卓

祥伝社文庫

目次

第一章　雷《らい》

一

ドーンと腹に響く重くて鈍《にぶ》い音でなく、パチパチと爆《は》ぜるような、乾いて硬い爆発音が山々に反響した。岩倉源太夫《いわくらげんだゆう》と下男の権助《ごんすけ》、そして亀吉《かめきち》の三人は、同時に顔をあげて音のした方角を見た。

高橋《たかばし》の上空に白煙が見えたが、たちまち薄れて消える。木霊《こだま》も、あっという間もなく緑濃い山脈《やまなみ》に吸い取られてしまった。

あとには雲一つない紺碧《こんぺき》の空があるだけで、まるで狐《きつね》に抓《つま》れたようである。

「続けろ」

権助と亀吉に告《つ》げると、源太夫は母屋《おもや》に入りながらみつに命じた。

「野袴《のばかま》と羽織《はおり》、それに草鞋《わらじ》だ」

返辞も待たずに、刀架けの大小を取って手挟《たばさ》む。続いて襷《たすき》と鉢金《はちがね》付きの鉢巻《はちまき》を懐《ふところ》に捩《ね》じこんだ。

みつに手伝わせて身支度《みじたく》を整えていると、市蔵《いちぞう》と幸司《こうじ》が駆けこんできた。手に雑巾《ぞうきん》を持ったままだ。道場を拭《ふ》き清めていたが、ただごとでない気配を感じて我慢《がまん》できなくなったのだろう。

「案ずることはない」

源太夫のひと言で、息子たちはほっとした顔になった。

「うろたえずに自分の役目を果たせ」

「はい、わかりました」

市蔵がそう言うと、幸司も「わかりました」と元気のよい声を出し、二人は道場に駆けもどった。興奮した武蔵《むさし》が、吠えながら庭を駆けめぐっている。

雷《らい》、つまり音だけの花火である煙火《えんか》が打ちあげられたのだ。園瀬《そのせ》の里においてそれは、初代藩主が園瀬入りした如月《きさらぎ》（二月）十八日の明六ツ（六時）と定まっている。年に一度のはずであった。

時刻は明六ツだが、若葉の季節はすぎて卯月《うづき》（四月）の中旬、青葉の初夏になっていた。

緊急事態が起きたのである。

身装《なり》を整え終わると、みつに言われたのだろう、下女のサトが草鞋をそろえて待っていた。

道場は特別な場合を除き、明六ツから暮六ツまでが稽古《けいこ》時間であった。入門間もない若い弟子は、稽古が始まる四半刻（約三十分）まえに来て、道場を拭き清めることになっている。

まだ年少組の道場主の息子たちが率先《そっせん》して床を拭くので、これではほかの弟子も怠《なま》ける訳にはいかない。

権助と亀吉は、若鶏《わかどり》や雛《ひな》も数えると三十羽ほどの軍鶏《しゃも》に餌《えさ》を与えていた。

岩倉道場の一日は、軍鶏の世話と弟子たちの清掃で始まる。かれの道場は軍鶏道場の通称で親しまれ、源太夫自身は軍鶏侍と呼ばれていた。

源太夫は毎朝、権助と亀吉が餌箱に糠《ぬか》と青菜、それに泥鰌《どじょう》のぶつ切りなどを加えた練り餌を落とし、筒に柄杓《ひしゃく》で水を入れるのについて廻る。軍鶏が餌を喰うのを見ながら個々の体調を見極め、鶏合《とりあ》わせ（闘鶏）の相手を決めるためであった。

その最中に爆音が轟《とどろ》いたのである。

用意を整えた源太夫が庭に出ると、権助と亀吉の背後に、稽古着に着替えた若い弟子たちが、緊張した面持《おもも》ちで並んでいた。雑巾を手にした者もいる。気になるのか、市蔵と幸司がふたたび姿を見せた。

「なにごとでしょう」

弟子の一人が不安気に訊《き》いた。

「うろたえるでない」源太夫はおだやかに言った。「いかなる場合も、平常心でなくてはならん」

母屋と道場のあいだを抜けて門を出ると、目のまえは調練の広場になっている。右に折れて足早やに東に進み、源太夫は巴橋《ともえばし》を渡った。

厩丁《うまやちょう》を横目に見ながら行くと、厩栓棒《ませんぼう》の上から顔を出した馬が嘶《いなな》き、鼻を鳴らした。ほかの馬たちは飼葉桶《かいばおけ》をゴトつかせて、黙々と餌《は》を食んでいる。

寝藁《ねわら》を乾《ほ》す馬丁《ばてい》が、竹の棒で藁を厩《うまや》舎まえの空き地に拡げていた。藁に染みた尿が臭う。乾いた藁は灰白色だが、濡れると褐色になる。

普段と変わらぬ厩舎風景であった。

背後から小気味いい馬蹄の響きが近付くので、源太夫は道の左側に寄った。早足が並足に変わる。

「さすがだな」

声の主は中老の芦原讃岐《あしはらさぬき》であった。

「新八郎《しんぱちろう》、常夜灯の辻で会おうぞ」

源太夫を道場時代の名で呼ぶと、讃岐は馬の腹に蹴りを入れて駆け抜けた。槍持ちの中間《ちゅうげん》と若党が、そのあとを追って走る。

少し行くとべつの蹄《ひづめ》の音がした。騎乗した物頭《ものがしら》の油井松之助《ゆいまつのすけ》に、槍組の組士たちが続いている。かれらは胸と腹を丸胴の鎧《よろい》で蔽《おお》っていた。脛《すね》当てで膝《ひざ》から下を守り、鋼《はがね》入りの鉢巻を締めた戦仕度《いくさじたく》であった。

右手で握った槍を胸前で立て、わずかに右肩に担《かつ》ぐようにもたせかけ、足並みをそろえて走り抜けた。

城下に異変が起きた場合、真っ先に物頭の率いる槍組と弓組が、要所を固めることになっている。高橋の番所と北の番所におよそ半数が、残りは三箇所の流れ橋に向かうことになっていた。

源太夫が常夜灯の辻に着いたときには、芦原讃岐とその家来、物頭の油井松之助と組士の一団のほかには、辻番所の番人たち、町奉行所の同心相田順一郎《あいだじゅんいちろう》、そして数人の藩士がいただけである。

辻番は交替制だが、非番の者も駆け付け、樫《かし》の六尺棒、突棒《つくぼう》、刺叉《さすまた》、袖搦《そでがら》みなど、めいめいが得意とする捕物《とりもの》道具を手にしていた。

ほどなく物頭の瀬田嘉門《せたかもん》が、口取《くちと》りに馬を引かせ、弓組の組士を従えて駆け付けた。讃岐がてきぱきと指示し、手を何組かに分けて、それぞれの持ち場に散ることになった。

を引き連れる。
小頭《こがしら》に組士九人の十人で一組となるが、物頭は合流した槍と弓各一組の、計二十名

瀬田は城山の裾《すそ》を廻ると、寺町《てらまち》を抜けて西へ進み、並木の馬場で右に折れて北の番所に向かう。油井は常夜灯の辻から真っ直ぐ南に行って、花房川《はなぶさがわ》の堤防への坂を上り、少し下流にある高橋の番所に向かった。

「それがしも高橋に参ります」

町方同心の相田が讃岐に申し出、中老がうなずくのと同時にあとを追った。

流れ橋は、瀬に二列に杭《くい》を打ちこんで角材で繋《つな》ぎ、その上に長さが一間（約一・八メートル）で幅が二尺（約六十センチメートル）ほどの厚板を渡してある。板は棕櫚《しゅろ》縄《なわ》で連結し、その端を岸の大木や岩に結び付けてあった。増水すると繋がったまま浮きあがるので、水が退《ひ》けば架けなおすのである。

敵襲に備えて、盆地を取り巻く花房川には高橋と北の橋、そして三本の流れ橋しか架けられていない。戦《いくさ》の心配がなくなってもそのままだ。日常生活には不便極まりないが、新たに橋を渡す計画は、評定《ひょうじょう》にものぼったことがなかった。

流れ橋は高橋の上流に一本、下流に二本架けられている。その三箇所にも、槍と弓の組士たちが向かう。

そうこうしているうちに、鉄砲組や辻を固める槍と弓の組士が、小頭や物頭に引き連れられて集まった。槍持ちや若党を従えた重職も姿を見せる。人馬の汗の臭いが入り混じって、常夜灯の辻は騒然としていた。不安そうな顔の商人や職人が遠巻きにして、物々しい出で立ちの藩士たちを見ている。

ざわめきが静まったのは、藩主の腹ちがいの兄で次席家老の九頭目《くずめ》一亀《いっき》が、辻に馬を乗り入れたからであった。

中老の讃岐が一亀に、高橋と北の番所、三箇所の流れ橋に手の者を向かわせたことを報告した。

「ご苦労である」

労《ねぎら》ってから、一亀は藩士の背後で遠巻きに見ている領民に、明るい声で語り掛けた。

「打つべき手は打ったゆえ、あとはわれらに任せ、安心して仕事にもどるがよい」

裁許奉行《さいきょぶぎょう》時代の一亀はどこにでも現れて、身分や職業に関係なく気さくに語り掛けた。最初は戸惑《とまど》う者も多かったが、そのうち「神出鬼没の一亀さん」として、慕《した》われるようになったという実績がある。

一亀が笑顔で何度もうなずいて見せたので、商人や職人、そして百姓《ひやくしよう》たちは安心したらしく、三々五々散っていった。それを見定めてから一亀は讃岐、そして物頭の小田匡史《おだまさふみ》と目付の岡本真一郎《おかもとしんいちろう》に告げた。

「煙火があがったのは高橋ゆえ、念のため小田は鉄砲組二十名を連れて行け。危急の連絡があるやもしれんので、岡本も同道するがよい。残りの者は辻を固めろ。四半刻後に、それぞれの橋の番所に騎馬士をやって連絡させること」

二

大山鳴動して鼠《ねずみ》一匹、とまでは言わないにしても、朝から園瀬の里の住民を驚かせた割には、ほとんどなにもわからぬまま騒動は幕を閉じた。

高橋と北の番所には番人が詰めている。通常は出入りの者の確認だが、緊急時、例えば何者かによる強行突破などがあれば、雷を打ちあげて報《しら》せるのである。

だが、これまで非常時用の雷が使われたことはない。

初代藩主の園瀬入りの記念日である如月十八日の打ちあげは、物頭の立ちあいのもと、鉄砲組の小頭が担当する。今回は緊急時なので、打ちあげたのは橋番の役人のはずであった。

どの番所も基本的に二人組の三交替制で、明けの六ツ（六時）から八ツ（午後二時）までが朝番、八ツから四ツ（午後十時）までが昼番、四ツから翌朝の六ツまでが夜番となっている。

ちょうど引き継ぎの時刻だったので、番屋には夜番と朝番の番人がいたが、四人は昏睡《こんすい》していたのである。どうやら薬で眠らされたらしい。そして煙火が一発打ちあげられていた。

それだけであった。盗まれた品や壊された物もなければ、怪しげな人物も目撃されていない。

北の番所や三箇所の流れ橋には、なんの異変も見出すことができなかった。

交替の番人が四人とも眠らされ、煙火が打ちあげられた。だれが、どのような目的でそんなことをしたのか、すべてが謎であった。

「ちょうど交替しようとゆうときに、商人らしい風体《ふうてい》の男が番所に顔を出しましてな」

組士に揺さぶられ、何度も頬《ほお》を張られて、ようやく番人は目を覚《さ》ました。だが四人とも頭が朦朧《もうろう》としているらしく、とろんとした目で、もどかしくなるほど間延《まの》びした声で答えたのである。

「朝の早《はよ》うから、ご苦労さんでございます」

愛想《あいそ》よく言った男に、住まいと名前、訪問先などを書かせようと紙と筆を差し出した。恥《は》ずかしながら無筆なので、書いてもらえないかとのことである。

訊きながら番人は書いていったが、男は京都西陣《にしじん》の織物商「みやこ屋」の使用人保《やす》三《ぞう》で、呉服町《ごふくまち》の田野木《たのき》屋の主人太兵衛《たへえ》に頼まれた品を届けるのだと言う。背負《せお》っている風呂敷《ふろしき》包みが、その品なのだろう。

田野木屋という呉服商が城下にあり、主人の名は太兵衛なので、番人は疑いもしなかった。

書きあげて、まちがいないかどうか読んで聞かせると、保三はくどいほど礼を繰り返した。それから、「ちょっと失礼しまして」と腰にさげていた竹筒を取り、栓を抜くと竹製の器に中身を注いだ。

なんでも、田野木屋に品を届けると、とんぼ返りで松島《まつしま》港に引き返し、一番早い難《な》波《にわ》行きの船に乗るのだという。急いで番所に来たので咽喉《のど》が渇いてならない、と保三は言った。

いかにもうまそうに飲み終えた保三は、「よろしかったらいかがですか、すっきりしますよ」と、番人たちにも勧《すす》めた。湯呑茶碗に注いでもらって飲んだのだが、水にスダチの果汁を絞りこんだような味と香りがした、とのことだ。

そして起こされるまで、なに一つとして覚えていないし、雷の打ちあげ音にも気付かなかったのである。

「して、保三とやらの体格と人相は」

物頭の油井松之助に問われた四人は、懸命に思い出しながらまじめな顔で答えた。

齢《よわい》、三十代から四十代。

背、高からず低からず。

体、太からず細からず。

色、白からず黒からず。

眉《まゆ》、濃からず薄からず。

目、大ならず小ならず。

鼻、高からず低からず。

髭《ひげ》、濃からず薄からず。

口、大ならず小ならず。

顔に痣《あざ》、黒子《ほくろ》、傷、痘痕《あばた》、面皰《にきび》などなし。

「ええい、もうよい。役立たずめが」油井は腹立たしげに遮った。「まるで役を果たしておらんではないか」

叱責《しっせき》されても、番人はなぜ叱《しか》られたかもわからないのである。

「まず、商人でありながら無筆だというだけで、疑うべきであろう」

たとえ使用人だとしても、長旅をして高価な織物を届ける以上は、店が字の書けぬ者を寄越すはずがないのである。

「その一点をとっても、捕縛して町奉行所に報せねばならん。なんのために橋番を置いていると考えておるのだ。四人もいながら、だれも気付かなんだのか。役立たずの禄盗人《ろくぬすっと》めが」

油井は苦りきった顔になった。

おかしなことはほかにもある。保三が注いだ水は、スダチの味と香りがしたというが、であれば飲むべきではない。スダチを味わえるのはお盆から、葉月《はづき》（八月）、長月《ながつき》（九月）にかけてであった。今は卯月（四月）、ようやく白いちいさな花が開き始めたか、これから咲くという季節である。

となれば薬を疑わねばならない。

ほかにも奇妙な点はあった。保三は竹の器で飲み、四人は番所に備《そな》え付けの湯呑茶碗で飲んだ。でありながら、番人だけが眠ったというのが不可解である。

高橋を渡って真っ直《ます》ぐに番所に来たのであれば、保三が茶碗に薬を入れておいたことは考えられない。真夜中に居眠りしていて入れられたとなると、それこそ禄盗人の誹《そし》りを免《まぬか》れないだろう。

保三は呉服町の田野木屋に反物《たんもの》を届けると言っていたので、確認のため岡本真一郎が馬を走らせた。目付の役目ではなかったが、騎馬は岡本と物頭の油井の二人だけだったからである。

主人の太兵衛は、西陣の織物商「みやこ屋」は知っていたが、註文《ちゆうもん》はしていなかった。当然かもしれないが、保三は田野木屋に顔を見せていない。それだけではなかった。以後、ぷっつりと姿を消したのである。

いずれにせよ、保三はなんらかの目的で高橋の番所の役人を騙《だま》し、薬で眠らせて雷を打ちあげたのであった。

その後、しばらくようすを見たが何事もない。高橋、北の番所、三箇所の流れ橋を固めていた組士たちは、二刻(約四時間)後に全員を引きあげさせた。

中老の芦原讃岐は、手の空いている藩士を般若峠《はんにやとうげ》とイロハ峠、さらには松島港にやって保三らしき人物について調べさせた。また町奉行に命じ、領民以外を泊めている者、あるいは家がないかを確認させた。各町村の町役人、村役人を通じてなので、そう困難な仕事でもない。

寺社奉行の許可を得て、町奉行所の手代が同心、その手先の岡っ引を、すべての寺と神社に向かわせた。寺社奉行所には探索方がいないからである。

藩士に対しては、目付の岡本真一郎がその件に関して通達し、二の丸と三の丸の境《さかい》にある高札場に貼り出した。

ところが保三については、なんら手懸《てが》りが得られなかった。まず松島港の船番所には、保三らしき人物が上陸した記録が残っていない。高橋の番所に届けた店や名だけでなく、それらしき年恰好《としかっこう》の人物を、念のために数ヶ月遡《さかのぼ》って調べたが、該当する者はいなかった。

領民以外を泊めた家はあったが、保三らしき者は見当たらない。もっとも密《ひそ》かに匿《かくま》っているのであれば、正直に打ち明けるとは考えられなかった。

三日後に二の丸で臨時の評定が開かれた。

出席したのは家老、中老、物頭、町奉行、寺社奉行、勘定《かんじょう》奉行の三奉行である。

その場で四人の処分が「慎《つつし》み」に決まった。三十日間自宅にいて出仕しないという、一番軽い刑である。

狂言により領民を不安に陥《おとしい》れ、多くの藩士に多大な迷惑をかけたことは、不届き至極なり、というのが理由であった。

出来事《できごと》を最初から洗いなおしたところ、保三という商人の存在自体が疑問となったのである。町奉行所が中心となり、町役人や村役人も動員して徹底的に調べたが、まるで足取りが摑《つか》めなかった。

園瀬の里に入るには、イロハ峠、般若峠、北の番所からになる。西に聳《そび》える屛風《びょうぶ》のような山脈の鞍部《あんぶ》には、胸八峠《むねはち》があるが、険阻《けんそ》なため利用するのは樵《きこり》か猟師《りょうし》、修験者《しゅげんじゃ》くらいであった。

保三がなんらかの理由で、人目に触れぬ夜間、番所のあるそれらを避《さ》けて潜入《せんにゅう》したとしよう。とすれば明るくなってから堂々と、高橋の番所に姿を見せることは考えられない。ましてや雷を打ちあげるなど、考えられないのである。

番人によると、保三は橋を渡って真っ直ぐ番屋に来たのではないかとのことだ。であれば、朝のその時刻ならだれかが目撃しているはずである。

町奉行所の同心相田順一郎が、高橋の少し上流で瀬釣《せづ》りをしていた男を見付け、あれこれと訊き取りをしていた。

瀬釣りは二間半（四・五メートル強）ほどの竿《さお》を用い、竿より二尺ほど長い道糸に、釣針の細い糸を何本も結ぶ。錘《おもり》は付けず、浮子《うき》の引きに注目しながら、瀬を流して釣るのである。岸辺から流れに竿を振って瀬を流して行くが、それを繰り返しながら、少しずつ下流に移動するのであった。

釣っていた男の位置からは、高橋も番屋も目のまえにある。荷馬車や何人か連れ立った百姓は見掛けたが、風呂敷包みを背負った商人は見ていないとのことだ。

掛かった魚を針から外すとか餌を付け替えていて、見逃したと考えられぬこともない。しかし、高橋と番屋が視野から外れることはないのである。

それに関しては相田本人がたしかめていた。だとすれば釣り人のいる反対側から、番屋に入ったことになる。

ところで雷の音である。

突然のことであったし、ほぼ真上での爆発で、思わず竿を落とすほど驚いたらしい。竿を拾ったが、しばらく釣りは中止してようすを窺《うかが》った。ところが番屋から人が出て来る訳でもないし、だれかが駆け付けることもなかった。二発目も打ちあげられない。

試し打ちだろうと思ったので、そのまま釣りを続けたとのことだが、相田が訊き出した釣り人の証言が決め手となった。

結局、外部の者の仕業《しわざ》でないと判断されたのである。番人の引き継ぎのおりの雑談で、いざという場合に雷が打ちあげられるかどうかが、話題にのぼったとの憶測《おくそく》だ。

年に一度の打ちあげは、火薬を扱う関係で鉄砲組の小頭がおこなう。橋番はそれに立ちあい、遣《や》り方を教わりはするものの、だれも実際に打ちあげた訳ではない。

それもあって、緊急のおりに役目を果たせるか否か、などと四人のあいだで議論になったのだろう。できる、できない、とやりあっているうちに話に弾《はず》みがつく。であればと、教わったとおりにやると雷は打ちあがり、派手《はで》な爆発音が轟いた。

四人は狼狽《ろうばい》したが、雷は緊急事態発生の合図なので、ほどなく確認の者が番所に来ることはまちがいなかった。定《さだ》めでは、槍組や弓組が防御のために駆け付ける決まりになっている。

そこで苦し紛《まぎ》れに保三の話をでっちあげ、得体《えたい》の知れぬ液体を飲まされて眠ってしまったということにして、その場を糊塗《こと》しようと考えたとの判断である。

番人たちは認めようとしなかったが、執拗《しつよう》な詰問《きつもん》を繰り返されているうちに混乱したらしい。そのほうがもっともらしいとでも感じたのか、あるいはそうだったかもしれない、とポロリとつぶやいてしまったのである。

自分たちの失策を隠蔽《いんぺい》するための狂言、ということで事件は終息した。それは評定の出席者、ひいては藩士のだれもが納得する決着であったかもしれない。

しかし、首肯《しゅこう》できぬ例外がいた。中老の芦原讃岐である。かれには思い当たる節があったが、その場では意見を述《の》べなかった。

評定を終えて屋敷にもどった讃岐は、中間に命じて岩倉源太夫を呼びにやらせた。

三

「御公儀《ごこうぎ》の揺さぶりであろう」

讃岐がそれまでの経緯《いきさつ》と、評定での遣り取りを話し、「どう考える」と訊いたおり、沈思黙考の末に源太夫が出した結論がそれであった。

「いきなりの張り手だからな。挑発だとしか考えられんではないか」

「わしもそう思う」と、讃岐も同意した。「園瀬という静かな水面《みなも》に礫《こいし》を投じて、波紋がどう拡がるかを見ようとしたのだ」

「で、どのように映ったであろうか」

「それは御公儀がなにを考え、なにをねらっているかにもよるが」

「それにしても評定の場で、なぜそのような結論が出たのであろう。番人がすぐに見破られる狂言を打つなどあり得ないことは、まともに考えればわかりそうなものだが」

「重職は盆暗《ぼんくら》ぞろいということだ」

「なにもそうは言うておらん」

「だが、むりもなかろう。あのことを知らんのだからな」

すでに御公儀隠密《おんみつ》の潜入はあったのである。

軍記読みで講釈語りの乾坤斎無庵《けんこんさいむあん》が、弟子の幻庵《げんあん》と荷物持ちの下男を連れて、岩倉道場に滞在したことがある。一年半ほど前のことだ。

無庵は源太夫の江戸椿《つばき》道場での相弟子で、当時は中国筋の小藩の馬廻役であった。その後、武士を捨てて語り芸の世界に身を置いていたとわかった。

園瀬の里での興行は大変な評判を呼んだが、源太夫は弟子の幻庵が御公儀隠密で、無庵がその手先として使われていることを見抜いた。そして讃岐と協力して二人を罠《わな》にかけ、正体を暴いたのである。

逃げきれぬと覚《さと》った幻庵は口封じのために無庵を殺害し、源太夫が幻庵を斬り殺したのであった。

口演の大成功で思いもかけぬ多額の報酬《ほうしゅう》を得たため、二人は分配をめぐって仲間割れした。斬りあった挙句《あげく》、相討ちとなってともに死んでしまったとの筋書きで、闇から闇に葬《ほうむ》ることにしたのである。

幻庵のほうが腕は立つことから、嘘であることは簡単に見破られるだろう。それに芸人の弟子は、師匠から渡される金をありがたくいただくだけで、分け前の件で文句を言うことなどあり得ないのだ。

かれらは探りを目的に潜入したはずで、とすれば御公儀が次の手を打ってくることは、十分に考えられた。慎重《しんちょう》になるか、それとも大胆な行動を取るかと、注意していたのだが、なにごとも起こらなかった。いつしか忘れかけていたころに突然の雷で、一気に記憶が蘇《よみがえ》ったのである。

「それにしても、煙火を打ちあげるとは、随分《ずいぶん》と派手なあいさつであることよ」

讃岐は苦笑いしたが源太夫は首を傾《かし》げた。

「だが雷のことを、いかにして知ったのであろうか」

「従来なら、蛇ヶ谷《じゃがたに》の松本《まつもと》ということになるが」

難波から松島港に上陸し、街道を進んでイロハ峠を越えると、南北に長い蛇ヶ谷の盆地がある。そのほぼ中央東寄りにあるのが、大百姓の松本であった。敷地内に巨大な赤松が聳《そび》えているので、松本が通り名となっている。

一家は「園瀬に行くなら松本を頼れ」と言われるほど、芸人や文人の面倒見がいいことで知られていた。宿と食事を提供するのと引き換えに、さまざまな情報や知識を教わり、芸を鑑賞するのを楽しみにしているのである。

芸人では旅芝居《たびしばい》の役者や人形芝居の一座、軍記語り、講釈師、噺家《はなしか》、手妻《てづま》師、曲芸師など。

松本のあるじ作蔵《さくぞう》が俳諧《はいかい》の宗匠《そうしょう》ということもあって、文人では俳諧師がもっとも多いが、狂歌師、絵師、書家、算学家、本草学者と多彩な客が訪れた。

松本の作蔵は、珍しい話を聞いたり芸を楽しませてもらったりすると、それなりの謝礼をするのが習わしであった。また、芸人には興行のため世話役に紹介文を書いたし、文人には分限者《ぶげんしゃ》の大百姓、大店《おおだな》のあるじ、また画や書に造詣《ぞうけい》の深い大身の武家に一筆認《したた》めたりした。

乾坤斎無庵の師弟は最初から源太夫にねらいを定めていたのだろうが、形としては松本で教えられたとの理由で、道場にやって来たのである。

「松本が不用意に漏らすことはあるまい」

軍記読みの師弟が御公儀隠密だと見破ったあとで、泊めてやった者の問い掛けには十分に注意するよう喚起《かんき》してある。当然だが、二人が隠密だったことは伏せてあった。

まず頼って来た者の、住所、氏名、職業などを記録させた。

そして一般的でないこと、例えば抜け道や袋小路などを含む城下の構造に関して、あるいは特定の藩士や商人、豪農や僧侶などについて細かく聞く者があれば、その本人の記録とともに町奉行所に届けさせることにした。また問われても、怪しいと感じたら具体的な内容には触れず曖昧《あいまい》に答えること、などについても念を押してある。

「簡単にはいかぬであろうが、調べさせるとしよう」

そう言った讃岐には、なにか心当たりがあったのかもしれない。

ところで問題の雷だが、打ちあげられるようになったについては、それなりの事情があった。

初代藩主九頭目至隆《よしたか》の園瀬入りは如月の十八日、ちょうど桜の満開のころであった。

至隆は城に向かうまえに前山に登った。そこからは領地の主要部分、城山や農地、河川などを見渡すことができたからである。

当時の花房川は、盆地のほぼ中央を蛇行《だこう》して流れていた。川幅も広かったが、大雨になると氾濫《はんらん》して流れを変えることも多く、農作物の被害は甚大《じんだい》であった。また田畑が流失して、収穫の予定が立たない年もある。

至隆は南西から流れて来た花房川が、岩盤に激突して藤ヶ淵《ふじがふち》を掘り起こす、その少し下流に堰《せき》を設《もう》けた。そして岩盤の最後の部分から、巨大な堤防を築くことにしたのである。流れを山際に押し付けるように南東へと変え、堤防の起点に水門を設置したのであった。

水門から引いた水路は、扇《おうぎ》形に拡がる城山の西の端まで直線で続き、城を防備する何本かの濠《ほり》とした。同時に大小の堀と溝《みぞ》、さらにはすべての水田に水を引き入れる小溝となって、盆地全体を樹葉の葉脈のように、隈《くま》なくおおったのである。

巨大な蹄鉄《ていてつ》のような堤防は花房川を押しやって、内懐に広大な水田地帯を抱きかかえることになった。そして堤防の要衝《ようしょう》となる、城からは南南東に設けた高橋と、城のほぼ真裏で、盆地を取り巻いた花房川が北へ、そして北東の隣藩へと流れて行く北の橋には番所を設けた。

高橋の番所と北の番所である。

大堤防と城郭《じょうかく》の完成には、五年の歳月を要した。その年のお盆、至隆はすべての町と村に酒と糯米《もちごめ》を配った。それまでの奉仕を労《ねぎら》い、十二日から十五日の四日間は無礼講としたのである。堀之内に入りさえしなければ、好き勝手に騒いでかまわぬとの、お墨付《すみつ》きを与えた。

しかも庶民にだけ許し、武家には踊ることはおろか見物さえ許さなかった。庶民のだれもが狂喜した。太っ腹な殿さまに感激した領民は、それまでの苦役《くえき》を帳消しするかのように、鳴り物入りで四日間を踊り狂ったのである。

以後はそれが恒例《こうれい》となった。開放感にあふれた底抜けに陽気な踊りは、園瀬の盆踊りとして評判になり、領外からも多くの見物客を呼ぶようになっている。

一方の武家には、一日だけだが特別な日が設けられた。初代藩主が園瀬入りした如月十八日を記念して、遊山《ゆさん》の日と定めたのである。

明六ツに高橋と北の番所で狼煙《のろし》があげられると、非番の藩士とその家族、家士や郎党は前山に向かった。数日前から下僕《げぼく》が場所取りをし、掃除をすませてあるので、当日は茣蓙《ござ》と重箱を従者に持たせて出向けばよい。当番の藩士の家では、家族だけが出掛けた。

重箱は何段かになっていて、羊羹《ようかん》や寒天《かんてん》、巻寿司や稲荷《いなり》寿司、さまざまな煮物などが詰められている。女子供には茶や甘茶が、そして呑兵衛《のんべえ》には酒が用意された。

なにしろめでたい日であり、しかも無礼講である。酔っぱらう者も出るのに、不思議と殺傷沙汰《さつしょうざた》はおろか喧嘩《けんか》さえ起きなかった。それどころか、恰好《かっこう》の見合いの席となって、毎年のように何組かの縁談がまとまるのが通例であった。

初期には狼煙があげられていたが、風が強ければ立ち昇らないし、春霞《はるがすみ》の朝には見えにくいこともある。どうせ番所であげるなら雷がいいだろう、ということになった。同時に、それまで曖昧であった緊急時の要所固めの、人員や配置も決められたのである。

如月十八日の明六ツに雷が打ちあげられることは、園瀬の里で知らぬ者はない。だが、緊急時にも打ちあげられることに関しては、藩士を除《のぞ》けば知っている者はかぎられるはずであった。

四

「出所《でどころ》は東雲《しののめ》のあるじ与平《よへい》で、まちがいないと思われます。ただし、怪しげな人物は数名おりましたものの、だれと特定はできません」

讃岐と源太夫をまえにして、町奉行所同心相田順一郎は言葉を選びながら言った。

さもあらんと、口にこそ出さなかったが源太夫は得心した。讃岐もおなじ考えのようで、つぶやくように言った。

「相手にしても、そうやすやすと尻尾《しっぽ》を摑《つか》ませるようなヘマはすまい」

東雲は要町《かなめまち》にある旅籠《はたご》で、あるじの与平は無類の話好きであった。それも園瀬自慢で知られており、水を向けられただけで得々と話し始めるのである。

「あるじ、当地には大変な剣の遣《つか》い手《て》がおるそうだな」

そう訊かれただけで、源太夫について知るかぎりを話したと、かれはたまたま聞かされたことがあった。

こんな調子であったらしい。

日向《ひゅうが》道場時代は右に出る者がなく、わずか十八歳で師範代を務《つと》めたこと。

江戸勤番のおり通った一刀流椿道場で、免許皆伝《めんきょかいでん》を受けたこと。

軍鶏の闘いから閃《ひらめ》きを得て、秘剣「蹴殺《けころ》し」を編《あ》み出したこと。

上意討ちで倒した相手の子が孤児となったので、引き取って育てていること。

ある旗本が差し向けた刺客《しかく》を一撃のもとに倒したが、馬庭念流《まにわねん》の遣い手として武芸者のあいだでよく知られた男で、以後は挑戦者が引きも切らぬこと。

それらをことごとく倒した蹴殺しという技は、どうやら一種類でなく、裏の裏、さらにその裏の手を用意して、いかなる相手であろうと対応できるらしいこと。

などなど、際限もなく喋《しゃべ》り続けたらしいのである。

「本人に覚えのないことまで喋ったのではないのか」と、源太夫も呆《あき》れたほどだ。

そんな与平が郷土の殿さまについて訊かれ、黙っていられるわけがない。

とりわけ初代藩主の、城下造りの見事な縄張りと、それに派生しておこなわれることになった園瀬の盆踊り、お国入りを祝っての遊山、それを知らせる雷の打ちあげなどは、問われなくても喋ったとの見当がつく。

それだけでも御公儀隠密にとっては十分だろうが、そこまでわかれば、緊急時に雷を打ちあげることも類推《るいすい》できるはずだ。

簡単にはいかぬであろうが、調べさせるとしようと讃岐が言ったとき、かれの脳裡《のうり》には相田の顔が浮かんでいたにちがいない。讃岐が目を付けただけのことはあって、相田は頼りにできそうであった。

先の御公儀隠密潜入のおり、事が事だけに讃岐と源太夫は二人だけで秘密裡に処理した。最後は町奉行所の協力を得たが、知られてまずいことは隠し通したのである。

今回も当然だが、おなじように少人数で当たらねばならなかった。

「一亀さまには逐一《ちくいち》報告しなければならぬし、お力添えを願わねばならなくなるが、取《と》り敢《あ》えずはわしと新八郎」

「そうだな」と、少し考えてから讃岐は言った。「だが新野さまには、もう少しはっきりしてからのほうがよかろう。それに御公儀が仕掛けて来たことはまちがいあるまいが、確たる証拠がある訳ではない。ほとんどの重職も気付いておらぬからな」

「そして、新野《あらたの》さま」

なんとなく奥歯に物が挟まったような、不明瞭《ふめいりょう》なものを感じた。

新野平左衛門《へいざえもん》は当時中老で、新藩主が進めた改革の中心人物、いわば立役者であった。無血で上層部を入れ替えたあとで家老に昇格し、さらに数年後には筆頭家老に就任している。

讃岐と改名するまえの芦原弥一郎《やいちろう》、側用人的場彦之丞《まとばひこのじょう》、裁許奉行であった九頭目一亀、そして中老の新野は、藩政を正したいと願う熱意を抱いた同志であった。筆頭家老稲川八郎兵衛《いながわはちろべえ》が放った刺客を倒した源太夫より、はるかに親《ちか》しい関係のはずである。

あるいは新野にはもっと明確になってから報告し、指示を仰《あお》ぐということなのかもしれない。たしかに、なにもかもが曖昧でありすぎるので、そんなありさままでは報告できないとのことなのだろう。

「ともかく、信頼のおける者、それも極力少人数で事を運びたい。ついては相田を使おうと思う」

と、そこで初めて相田の名が出たのであった。

「相田というと、町奉行所のか」

「そうだ。やつは高橋の番所で雷を打ちあげたおり、すぐ近くで釣りをしていた男に訊き取りをしている。その前後に番所に出入りした者がいないのを知りながら、四人の番人の狂言であるはずがないと見抜いた」

源太夫が不可解な顔になったので、讃岐は説明した。

「相田は番屋の片隅《かたすみ》で、物頭が四人を詰問するのを黙って聞いておったらしい。そしてあとでわしに言った。雷の打ちあげから問い詰めまでは間がなかったので、綿密な打ちあわせはできないはずだ。狂言であれば、かならず細かな部分で喰いちがいが出る。それがないのは、狂言でないからだ、とな」

源太夫はあとで知ったのだが、実は讃岐と一亀は先の改革のおり、相田を同志として引き入れている。かれが調べたことが理不尽《りふじん》にも、筆頭家老稲川八郎兵衛の子飼いであった町奉行に握り潰されたことで、上層部の一部に不信を募《つの》らせていた。そのおりにいろいろと調べさせ、能力を認めていたのであった。

その相田が、出所は東雲の与平で、ほぼまちがいないと言ったのである。

本来なら町奉行所に呼び付けるところだが、人目に触れたくないこともあって、相田が東雲に出向いた。

「御用のことなので、わかっておろうが決して口外せぬように」

与平が無類の話好きであり、おなじくらい酒好きなのを知っていたので、相田は朱《しゅ》房《ぶさ》の十手をちらつかせて釘《くぎ》を刺しておいた。

「というのは、うっかりと漏らしたために、あとであるじが困ったことになっては気の毒なのでな」

これだけ脅《おど》しつけておけば、いくら口の軽い与平であろうと、町方が、細かなことまで訊き出そうとした旅籠の客を調べていることを、漏らしはしないはずであった。

讃岐が調べさせたのは、軍記語りの師弟がいなくなって以降一年半の客に関して、である。

かれらの興行は園瀬の里では評判となったので、当然、相田も与平も知っていた。

「分け前をどうするかで仲間割れして斬りあいになり、とうとうお二人とも亡くなられたそうでございますね」

と、さっそく喋り始めたのでじろりと睨《にら》むと、与平は「いけない」とでも言いたげに舌を出し、唇のまえに指を立てた。

相田は宿帳を出させると、すべての宿泊客に関して、どのような客で、なにが目的で園瀬に来たのかを聞いた。職業、年齢、男女の別もなければ、連れの有無も関係なく、虱潰《しらみつぶ》しに訊《たず》ねたのである。特に、食後に酒の相手をさせた客には注意した。

最近の客に対する記憶はしっかりしているが、半年前くらいから次第《しだい》に曖昧になり、一年をすぎると、強い印象がなければはっきりしないこともある。

もっともそれで問題ないと思われた。御公儀も探りに出した、いわば先遣隊の二人が殺されたとなれば、ほとぼりの冷めるのを待つにちがいなかったからだ。

「東雲は与平と女房、そして女中の三人でやっておりまして、お盆と春秋の繁忙《はんぼう》期には、臨時の手伝いを雇《やと》ってなんとかしのいでいるとのことです」と、相田は言った。「女房が一人で切り盛りし、女中は若くてよくわからないので、なにかを知りたい客は、自然と与平を相手にします。食事を運んだときや、あとで酒を運ばせて話すとのことでした」

いわゆる客と宿屋の主人のありきたりな遣り取りを越えての会話は、四、五人に一人いるかいないかで、話題になったのは圧倒的に園瀬の盆踊りに関するものであった。あとは名所旧跡である。

「岩倉さまのことについて、というのもありましたよ」

芸人と文人は、ほとんどが蛇ヶ谷の松本経由だが、源太夫に果《はた》し合《あ》いを挑《いど》む武芸者は、東雲に泊まる者が多かった。

無庵たちの件のあとで、源太夫に関して訊いた者は四人いた。ほとんどが蹴殺しについて根掘り葉掘り知りたがったらしいが、道場の場所を訊いただけの者がいたとのことである。

もっとも道場が堀江丁《ほりえちょう》にあることを教えたあとで、与平が例によって源太夫の自慢をしたことはまちがいないだろう。

その男は鳥飼唐輔《とりかいとうすけ》。二つの理由で、源太夫の記憶に強く刻《きざ》まれた名だ。

鳥飼が鳥籠に入れて持って来た軍鶏は、猩々茶《しょうじょうちゃ》と呼ばれる赤褐色の羽根色をしていた。その色が極めて薄く明るいので、陽光を浴びると金色《こんじき》に輝く。軍鶏の名は黄金《こがね》丸《まる》。

鳥飼は軍鶏から学んで編み出した秘剣で、源太夫の蹴殺しに挑んだ。

黄金丸は相手に攻めたいだけ攻めさせ、自分は守りに徹《てっ》して力を温存する。敵の疲れを待って反撃に出、一撃で倒すという、軍鶏には珍《めずら》しい技を身に着けていた。

鳥飼の戦法を見抜いた源太夫は、大刀を鞘《さや》に納めて相手の意表を衝《つ》いた。両腕を左右に垂《た》らし、ゆっくりと向かって行った。

千載一遇《せんざいいちぐう》の好機到来と、鳥飼が上段に振りかぶろうとすると同時に地を蹴り、相手が振りおろすより一瞬早く切りあげて倒すことができたのである。だが源太夫も左上腕に傷を負った。

かれが真剣勝負で傷を受けたのは、「岩倉にしか勝てぬであろう」と藩主に上意討ちを命じられ、傷だらけになりながら倒した立川彦蔵《たちかわひこぞう》以来である。

「鳥飼唐輔は、黄金丸という類《たぐい》まれな軍鶏の飼い主であった。ところで」と、苦笑いしながら源太夫は相田に言った。「如月十八日の遊山と、雷の打ちあげについて探ろうとした者のことを、調べてもろうたのではなかったか」

讃岐が付け足した。

「盆踊りについて訊いた中に、そちらに話を持っていった者もいたであろう」

「失礼いたしました」と言いながら、相田は懐から手控《てびか》えを取り出して捲《めく》った。「何人かおりますが、まず一番怪しいと感じたのは、松居笙生《まついしょうせい》と名乗る俳諧師です」

俳諧師でありながら松本を頼らず、東雲に来たというだけでも十分に怪しい。讃岐と源太夫は思わず顔を見あわせた。

「俳諧師は各地に同好の士がいるため、世話になりながら、金をかけずにあちこちを巡れるそうでございます。教えると謝礼をもらえるので、路銀にも事欠かないとかで」

「力量があれば、であろう」

「松居は俳諧を教えますが、今回は各地の祭りを調べるのが目的とのことでした。お江戸は日本橋《にほんばし》の書肆《しょし》との話し合いで、のちほど本にまとめるそうでしてね。それで、園瀬の盆踊りについても調べていると言っておりました」

「盆踊りは祭りとは言えぬと思うが」

讃岐の疑問に、相田は微《かす》かに首を振った。

「こと園瀬の盆踊りに関しては、世間は祭りと見ているようです」

二人はふたたび顔を見あわせた。俳諧師松居の目的は、それにしてもよく練られた理由ではないか。

「なんとも巧妙であるな」

思わず源太夫は唸《うな》ってしまった。

一般人には十分な説得力を持っているが、そこには乾坤斎無庵に共通するなにかがあった。

軍記読み、講釈語りの無庵は、自分の芸に役立てるために、各地の城郭の縄張りを調べていると言っていた。初代藩主の園瀬の城下造りについて知りたいと、前山に登ったのもそのためである。

であれば町方に案内させようかと持ち掛けると、連中はなにかと胡散《うさん》臭い目で見るからと、警戒《けいかい》していた。

「それらしき口実を用意している者を疑ったほうが、早いかもしれぬな」

讃岐もおなじことを感じたようである。

念のために源太夫は俳諧師の名前と住所を控えたが、どうせ偽名であろうとの見当はついていた。

書き写しながら字面から連想したのは、松居の本姓は松井だろうということであった。

名の笙生から思い付いたのだが、松井もショウセイと読むことができる。とすればショウセイ・ショウセイとなり、笙と生、名の二文字に生を使っているのも、いかにもという気がした。俳諧師の洒落《しやれ》だと言われればそれまでだが、なぜかからかわれているような気がしないでもない。

松居が東雲に投宿したのは、およそ半年前であった。

ほかにも三名が疑惑の対象であったが、あるいは無庵たちは捨駒《すてごま》で、御公儀はじっくりと園瀬藩にねらいを定めている、ということかもしれない。となると不気味《ぶきみ》である。

「いかがいたしましょう」

相田は松居笙生を含む怪しげな四人についてのその後を、もう少し探ってみましょうか、と訊いているのである。だが、容易《ようい》に足跡を追うことができるとは考えられなかった。讃岐もおなじ考えのようだ。

「いや、その必要はない。知りたいことは十分わかった。またべつのことで、なにかと調べてもらうこともあろう」と言って、讃岐は紙包みを相田のまえに滑《すべ》らせたのである。「これは些少《さしょう》だが、町方の役目以外で働いてもろうたのでな」

わずかにためらいを見せたが、相田は頭をさげると包みを手に取った。

相田が退出したあと、讃岐と源太夫はそれぞれ思いにふけっていた。二人にとってもどかしいのは、御公儀からの仕掛けを待つだけで、こちらからはむやみに動けぬということであった。

五

八ツ(午後二時)という思いがけない時刻に、柏崎数馬《かしわざきかずま》が岩倉道場に姿を見せた。あいさつをしてから、言い訳でもするように数馬は言った。

「思ったより早く仕事にケリがつきましたので、久し振りに稽古をつけていただきたいと思いまして」

「よかろう」

源太夫の返辞を待って、着替えのため数馬は姿を消した。

――珍しいこともあるものだが、どうやら口実のようであるな。

中老という職務もあって、数馬が道場に来る回数は減り、その時間も短くなっていた。ときおり現れても、半刻(約一時間)くらい弟子の相手をし、悪い部分を矯正《きようせい》する程度で終えることが多かった。

稽古着になった数馬は、素振りを繰り返して体をほぐしてから、「お願いします」と源太夫に一礼した。

源太夫と数馬が中央に進み出たころには、ほかの弟子たちは全員稽古を中断し、壁際に並んで正座していた。

当時は竹之内《たけのうち》であった柏崎数馬は、源太夫が道場を開いたときからの弟子である。おなじく東野才二郎《とうのさいじろう》、開場から半年ほどして、藩校千秋館《せんしゅうかん》の教授方である盤晴池田《ばんせいいけだ》秀介《しゅうすけ》が、親友の源太夫に託《たく》した大村圭二郎《おおむらけいじろう》。その三人は、岩倉道場きっての逸材《いつざい》であった。

父の仇《かたき》を討ち、冤罪《えんざい》を晴らした圭二郎は、正願寺《せいがんじ》の恵海和尚《えかいおしょう》に弟子入りし、恵山《えざん》となって周囲を驚かせた。母屋に源太夫を訪れることはあるが、僧形なのでさすがに道場に立つことはない。

師範代の才二郎は中老芦原讃岐の家士であったが、先だって若い藩士の教導における貢献《こうけん》が大だとして、一家を構えることを許された。陪臣《ばいしん》から藩士に昇格したのである。

実際には、藩士であった父親が禄を離れていたため、家を再興したことになる。そのおり讃岐の勧《すす》めで、父の名の弥一兵衛《やいちべえ》に改名していた。讃岐の前名である弥一郎とも縁があるので、本人も新妻の園《その》もとても喜んだ。

本人は師範代を続けると言っているが、道場に顔を見せる回数は減り始めていた。

源太夫、数馬、才二郎改め弥一兵衛が、それぞれ弟子たちと立ちあうことはあっても、師匠と高弟が直接竹刀《しない》を交えることは、ほとんど見られなくなっていた。弟子たちの目が期待に輝くのもむりはない。竹刀ではあるが防具なしというのも、かれらの興奮を掻《か》き立てていた。一つまちがうと大怪我《おおけが》をしかねないからだ。

正対し、一礼して竹刀を構える。

両者ともに正眼《せいがん》の構えであったが、やがて源太夫は竹刀を無造作に右前方に垂《た》らした。脚は肩幅に開き、膝をわずかに曲げている。いかなる仕掛け、攻撃にも対処でき、攻めに転じられる、源太夫の自然《じねん》の構えである。

長い時間、師弟は微動もしない。瞬《まばた》きさえ見せなかった。

弟子の一人が「ふーッ」と長い息を吐くと、それにつられたように何人もが溜息《ためいき》をついた。

「きえーッ」

鋭《するど》い気合い声と同時に踏《ふ》みこんで数馬が激しく打ちおろしたが、源太夫は竹刀で受けずに体を傾げて躱《かわ》した。予測していたのだろう、数馬は切り替えし、それが空を切ると横に薙《な》いだ。師匠が打ち払うと、弟子は飛び退《の》いて体勢を立てなおし、以後は目にも留まらぬ速さの打ちこみと突きを、息つく暇もなく繰り出した。

源太夫は躱し、受け、払いはするものの、自分から仕掛けることをしなかった。いや、容易に反撃できなかったこともある。それほど数馬は矢継ぎ早に攻め続けたのである。

——屈託《くったく》があるな。憤懣《ふんまん》が体内に充満しきっておるようだ。

稽古着の胸前と脇が濡れて、白っぽい青から濃い紺《こん》に色変わりし始めた。顔中に玉の汗が浮き、顎《あご》から滴《したた》り落ちている。

それでも数馬の攻撃は鋭さを失わなかった。息の荒さが目立つようになったのは、四半刻（約三十分）をかなりすぎてからである。

打ちこんだ一撃を源太夫が受けなかったため、数馬は思わず均衡《きんこう》を崩し、竹刀の先が師の袴の裾を払っておおきな音を立てた。そのときには、源太夫の竹刀が顔面で寸止めになっていた。

「あッ」

弟子たちが一斉に声をあげた。

「まいりました」

一歩さがって左手に竹刀を持ちなおすと、数馬は深々と頭をさげた。

「ありがとうございました」

「腕を落としておらんので安心した」

「なんとか維持せねばと、朝の素振りと形だけは続けていますが、長くなると息が保《も》ちません」

「久し振りだ。少し話していかんか」

「よろしいのですか」

数馬が訊いたのは、午前中はみっちり指導するが、午後は稽古をつける合間を見付けては、源太夫が鶏合わせや味見《あじみ》、つまり若鶏の稽古試合をおこなうのを知っているからである。

道場を出ると、源太夫は権助と亀吉を呼んだ。

「味見だが、カラス天狗《てんぐ》をアカウマにぶつけてみろ」

「承知しました」権助はにやりと笑った。「ご用意できましたら、お呼びいたします」

「おまえたちに任せる。わしは数馬と話があるでな」

「線香は三分《さんぶ》で」

「いや、カラス天狗なら五分《ごぶ》は保つだろう」

鶏合わせの闘わせ方には二種類ある。

一つは決着がつくまでやらせる方法だ。勝負は片方が戦意を喪失《そうしつ》して蹲《うずくま》る、土俵から逃げ出す、悲鳴をあげる、のどれかで決まった。

もう一つは時間で縛《しば》るやり方で、勝敗には線香を用いる。一本が燃え尽きるのが四半刻なので、半分の五分は十五分、三分は約十分、一本半なら四十五分となる計算だ。

甲乙で甲が強い場合、一本と決めると、乙が三十分を凌《しの》ぎ切れば乙の勝ちとなる。若鶏に闘鶏を覚えさせるには、少し強い相手にぶつけるのがコツであった。相手が強すぎると、完膚《かんぷ》なきまでに叩きのめされてしまう。すると自信を失い、再起不能になることが多いからである。

もっともその程度の能力なら、残す必要はないとの理屈だが、ごくまれに大器晩成型もいた。軍鶏の世界も、どうして奥が深いのである。

普通の雛《ひな》は三分から始め、耐えられれば五分というように時間を延ばしてゆく。段階を踏んで、成鶏と互角に闘えるように育てるのである。

「カラス天狗とは変わった名ですね」

「曰《いわ》くつきの若軍鶏だ。わが道場の数馬や圭二郎のようになるやもしれん」

含み笑いに、数馬の目が輝きを増した。

「わたしも見せていただいてよろしいですか」

「汗をお拭きになられているあいだに、すぐ準備できますで」

権助がそう言うと、亀吉が土俵の用意を始めた。莚《むしろ》を縦に二枚繋げ、丸めて立てたものが闘鶏の土俵となる。

源太夫と数馬が井戸端で下帯《したおび》だけになり、手拭いで体を拭き清めてもどると、土俵横には師弟用に床几《しょうぎ》が据えられていた。

源太夫の軍鶏仲間に、呉服町の太物《ふともの》商「結城屋《ゆうきや》」のご隠居惣兵衛《そうべえ》がいる。その惣兵衛がどうしても負けられぬ鶏合わせを挑まれ、相談に来たことがあった。

相手の軍鶏を知っている源太夫が秘策を授け、惣兵衛は軍鶏飼いとしての面子《めんつ》を掛けた闘いに勝ちを収めた。

数日後、下男に大八車を牽《ひ》かせたご隠居がやってきた。大八車には、秘蔵っ子である漆黒《しっこく》の羽根をした「烏《からす》」を入れた唐丸籠が、鎮座していた。惣兵衛は感謝の思いをこめて、源太夫の牝鶏に胤《たね》を付けるため、一番お気に入りの軍鶏を持参したのである。

できればおなじ黒羽根の牝鶏と掛けあわせたかったが、あいにくいなかったので、銀笹と番《つが》わせた。頸筋《くびすじ》を覆《おお》う細くて長い蓑毛《みのげ》に、白を帯《お》びた青や緑の羽毛を持った軍鶏である。

銀笹は十個の卵を産み、卵はすべて孵《かえ》った。雌雄それぞれ五羽であったが、父鶏とおなじ漆黒の羽根をしたのは一羽だけである。その一羽は、雛のころから他を圧する能力を見せて源太夫たちを驚かせた。

動きの速さに雛とは思えぬものがあった。兄弟や同時期に生まれたほかの牝鶏の雛たちを翻弄《ほんろう》するさまは、まるで子供扱いである。いつしか源太夫たちは、カラス天狗と呼んでいた。

源太夫が相手に選んだアカウマは、猩々茶と呼ばれる赤褐色の中でもとりわけ赤く、陽光を浴びると燃え立つ炎のように見える軍鶏だ。アカウマは裏社会の隠語で、放火あるいは火そのものを意味した。

黒と赤の闘いである。

権助と弟子の亀吉は、ほとんど厳《おごそ》かと言っていいほど粛々《しゆくしゆく》と準備を進めていく。

そしてついに闘いの火蓋《ひぶた》が切って落とされた。

経験豊かなアカウマは、相手の力量を測るように、自分は受けに廻ってひたすら攻めさせる。ところがわずかな時間で、その余裕を失ったのがわかった。相手の攻めの速さと攻撃の技の多彩さに、全力で応じなければ負かされるかもしれぬとの、危機を感じたのだろう。

以後は文字どおり死闘となった。

頸を覆った蓑毛がふわりと持ちあがる。高い位置が圧倒的に有利なので、相手より少しでも高く跳びあがろうとする。敵の蹴爪を躱して、鋭い嘴《くちばし》で断続的に突《つつ》こうとする。それを空振りさせて、横に廻りこみ、弱点である翼《つばさ》の下の脇腹を攻める。

死闘は続いた。

「それまで」

源太夫のひと声で、権助と亀吉は二羽を分けた。

「もう終わりですか」

数馬がそう言ったのは、二羽が息もつけぬくらい多彩な技を繰り出したので、ときが経つのを忘れていたからだろう。

源太夫が顎で示した。線香は燃え尽きて、白い灰だけになっていた。

だれもが興奮していた。とても初戦とは思えぬ戦い振りである。アカウマと対等の闘いを見せたカラス天狗は、末恐ろしい若鶏であった。

——惣兵衛に見せてやりたかったな。

こいつはとんでもなく強い軍鶏になるかもしれん、との期待が湧《わ》きあがった。ことによれば、大身旗本秋山勢右衛門《あきやませいえもん》のイカズチに匹敵《ひってき》するような、いや、それを超える名鶏になる可能性もある。

イカズチは源太夫を虜《とりこ》にした軍鶏で、鶏合わせを見てかれは蹴殺しという技を編み出したのであった。その秘剣で筆頭家老の放った刺客を倒し、改革の蔭の推進者になれたと言えなくもない。イカズチがいなければ、現在の岩倉源太夫は存在しないと言っても過言ではないだろう。

カラス天狗はイカズチを超える。

だが、ひとたび口にしてしまえば、陽炎《かげろう》のように、あるいは虹のように消えてしまうかもしれない。そんな恐れを感じて、口にはできなかった。

源太夫と数馬は母屋に向かったが、高揚は続いて、なかなか鎮《しず》まりそうになかった。

六

師弟が表座敷に腰をおろしたとき、時の鐘《かね》が七ツ（午後四時）を告げた。

茶を出してさがるみつに、源太夫は酒肴《しゅこう》を命じた。

「少し早いが、七ツならかまうまい」

そう言ったきり言葉は途絶えた。

酒と肴《さかな》が運ばれたが、師弟は手酌《てじやく》で注いでは、黙々と盃《さかずき》を口に運ぶだけであった。

道場で感じたとおり、数馬には鬱屈《うつくつ》したものがあるようだが、源太夫は強《し》いることをしなかった。

「カラス天狗のような弟子は、育っておりますか」

徳利が軽くなりかけたなと感じたころになってようやく、数馬がぽつりと口にした。言いたいことが言えなくて、間を持たせるための繋ぎのようでもあった。

「であればよいのだが、こればかりはわしの思いだけではどうにもならんようだ」

と、源太夫は徳利を取ってうながし、弟子の盃に注いだ。「言われたことはまじめにやるのだが、自分で考え、工夫《くふう》することをしない弟子が増えたように思う」

「人は努力せねば伸びませんが、努力だけでは限度がありますからね」

「わしの教え方に誤りがあるのかもしれんと、そんな気がすることもあってな」

このような話題では、数馬はますます話しにくくなるかもしれん、そう思いながらも続けた。

「一本の線があるとしよう」と、源太夫は指をそろえて掌《てのひら》を横に滑らせた。「努力次第で達することのできる者はある程度はいる。ところが線の上に出ることは容易でない。その難しさは、線に接することの比ではないのだ。剣を例に取れば、線を越えた者だけが剣術遣いと呼ばれる資格を持つ」

「ごもっとも」

そう言ったきり、またもや思いに沈んでしまったようである。

竹之内数馬は弓組の次男坊であったが、腕が立つ上に冷静沈着で、客観的な判断力もそなえた若侍であった。しかも眉目《びもく》の涼やかな、役者かと思うほどの美男である。武具組頭の柏崎家から婿養子《むこ》に請《こ》われ、一人娘が十四歳だったので二年待って式を挙げた。

柏崎家は格上の番方（武官）で、数馬は源太夫の道場で代稽古をつけるほどの腕であった。柏崎家では武芸の家として、腕を見こんだのだろう。

ところが数馬は、藩政に関して次々と建議書を出し、それが採《と》りあげられた。役方（文官）としても期待され、次第に役を与えられて、二十代の半《なか》ばという若さで中老に抜擢《ばってき》されたのである。

当然のようにやっかむ者は多いだろうし、露骨《ろこつ》に嫌がらせをしたり、足を引っ張る者もいると考えられる。そのようなことで潰されるほど、柔《やわ》な男ではないと源太夫は信じているが、なにか別の問題が、しかもいくつも絡んだ場合はそのかぎりではない。

数馬が姿を見せて稽古をつけてもらいたいと言ったとき、それは口実で、話があるのだろうと源太夫は感じていた。その思いはさらに強くなったが、逡巡《しゅんじゅん》がこれほど長いと、余程おおきな問題なのだろうと思わざるを得ない。

「水は淀《よど》むと濁《にご》ります」

やはり、個人的な問題で鬱屈していたのではなかったようだ、と源太夫は思ったが、そのような抽象《ちゅうしょう》的な言い方では、問題が見えないし返答のしようもなかった。

黙って先をうながすしかない。

「濁れば、やがては腐るしかないのでしょうね」

先の言葉のほぼ繰り返しではあるが、藩政に関する歪《ゆが》み、あるいはもっと明確な危機を感じているという気がした。

どうやら上のほうが、ぎくしゃくし始めたようである。

あるいは、と源太夫は、芦原讃岐の話し方にかすかにではあるが、違和感を抱いたのを思い出した。

御公儀の二度目の、挑発と言ってもいい雷の打ちあげのあとで、讃岐と源太夫は極力少人数で、それも秘密裡に処理しなければならないと確認した。

先の改革は、商人と結託して藩を私物化した筆頭家老の罪を暴き、藩政を正しい軌道にもどすのが目的であった。それを実現したのは、御側用人的場彦之丞、藩主の腹違いの兄で家老から裁許奉行に落とされていた九頭目一亀、中老だった新野平左衛門、目付の芦原弥一郎で、源太夫も関わっていた。

いわば同志であり、改革後はそれぞれ昇進し、でなければ禄を増やしている。源太夫も道場と母屋を建ててもらい、長男が跡継ぎとなった岩倉の家とはべつに、新たに一家を構えて禄を受けることになった。

今回も一亀、的場、新野、讃岐、源太夫で進めようということになったが、新野に関して、讃岐の態度がどうにも煮え切らなかったのである。

「わしのような一介《いっかい》の道場主には、上のことはようわからんが、円滑《えんかつ》さを欠き始めたようであるな」

それに対する反応はない。

「となると、やはり新野さま辺りか」

数馬にとっては思ってもいなかった指摘であったらしく、目に驚きの色が出ている。

「なぜ、新野さまと」

緊張させたようだと気付き、源太夫はにやりと笑った。

「剣術遣いには獣《けもの》のような勘が働くことがある。的《あた》ることもあれば外れることもあるが、それが勘というものの強みでもあり、弱みでもあるのだろう。だが、どうやら外れではなかったらしいな」

源太夫に話していいものかどうかとの、迷いがあったらしく、少し考えてから数馬は言った。

「御家老方の禄が改められたのは、ご存じですね」

先日の大評定で決められたことは、源太夫も漏れ聞いていた。

「三万六千石の園瀬藩の重職、特に御家老方の禄が、他藩に比べて低いことは、以前から指摘されていました」

ようやく数馬は本題に入り、数字をあげて説明を始めた。

例えば同程度の石高の大名家であれば、筆頭家老なら千五百石は取っており、藩によっては二千石、いや三千石ということさえある。それが園瀬藩の場合、先の筆頭家老稲川八郎兵衛は千石であった。ちなみに次席家老七百石、江戸家老五百五十石、国家老の二家は三百八十石という低さである。

それが改革後、家老は一律五百石、それに筆頭二百五十石、次席百五十石、江戸百石が加算されることになった。併《あわ》せて筆頭七百五十石、次席六百五十石、江戸六百石、国家老五百石で、下は増えたが上は減っている。

「今回それが、筆頭千二百石と次席千石は五割増し強、江戸九百石と国家老七百五十石は、それぞれ五割増しとなりました」

藩あげての努力で多額の借用金返済の目途《めど》がつき、なんとか正常な状態に立て直せる見通しがついた。であれば、異様に低かった老職の禄を他藩の水準にあわせるべきではないのか。

ともかくこれまで、いやというほど肩身の狭い思いを味わってきたのだ。それと低い状態がいつまでも続けば、園瀬藩にはなにか表には出せない特殊な事情があるのではないかと、勘繰られかねない、というのが主たる理由であったらしい。

「中老、物頭、三奉行からも、反対の意見は出ませんでしたし、わたしも基本的には反対ではありません」

だが、短兵急でありすぎると数馬は思ったらしい。ちゃんとした手順を踏まないで事を進めると、かならず破綻《はたん》を招くことになる。

「御家老方が増額になれば、当然、下の者も期待します。ところがおなじように増額すれば、たちまち藩は立ち行かなくなります」

「だからと言うて、わずかな加増では不満がたまって、なにかをきっかけに爆発しかねぬな」

「時期尚早《しょうそう》だったのです。重職にはその重大さがわからなかったのでしょう。もう少しゆるやかに、どこからも不満が出ぬよう、慎重におこなうべきだったのです」

「加増は老職の五家だけで、しかも今回かぎりの改定だと強調するしか、ないのではないのか」

「そういうことかもしれません。ただ今後に関しては、もう少し長期的な視野を持ってもらいたいものです。借入金返済にしてもそうでした。早急にすまそうとしたばかりに、江戸御留守居《おるすい》役の古瀬《こせ》さまから、とんでもない結果を招くことになるため、早急に見直しをとの早飛脚《はやびきゃく》が届いたとのことです」

七

「先程も言ったが、一介の道場主のわしには政事のことは一面しかわかっておらん。数馬は中老として言えぬこともあろうが、話せる範囲でよいので教えてくれんか」

「先生のほうがお詳しいことも、多いと思いますが」

「それは点としてで、それぞれの点をいくら知っておっても、どのように繋がり、影響しあっておるかは見えておらんからな」

源太夫の目をじっと見てから、おおきくうなずき、数馬は話し始めた。

先の筆頭家老稲川八郎兵衛が、園瀬藩を牛耳《ぎゅうじ》ることを考えるようになったのは、スッポンの猪八《いはち》と知りあったからだと思われる。

岡っ引の手先だった猪八は、抜け目のない小狡《こずる》い若造だが、大変な探索能力の持主であった。そこに目を付けた稲川は、藩士の弱み、敵対する男、取り入りたい上役や重職、味方にしたい同輩や下役の泣き所を探らせた。

それによって押さえこみ、あるいは味方につけ、反対する者は容赦《ようしゃ》なく引きずりおろしたのである。

園瀬では良質の莨《たばこ》が栽培でき、葉の乾燥や加工の技術もすぐれていたため、京大坂や江戸で評判を呼んだ。莨を藩の専売とするよう提案したのは稲川だが、かれはその半年前、猪八を後押しして加賀田《かがた》屋の店を出させていたのである。そのとき猪八は正太郎《しょうたろう》という、いかにもまっとうな商人らしい名に改めていた。

ほとんどの者が、莨専売の窓口は老舗《しにせ》の近江《おうみ》屋になると予測していたが、稲川は強引に加賀田屋に決めた。弱みを握られた重職たちが、反対できなかったからである。

莨の専売を一手に引き受けた加賀田屋は、急速に規模を拡大していった。稲川のテコ入れでおこなった袋井《ふくろい》村の干拓《かんたく》で、広大な私有地を得、結果として巨額の富を築いた。そのかなりの額が稲川の懐を潤《うるお》したのである。

藩政を正したいとの藩主のもとで、少数の同志が隠密に動き、着実に稲川の罪悪の証拠を集めていた。そして虚を衝《つ》き、一気に決着をつけたのであった。

加賀田屋との癒着《ゆちゃく》が暴かれた稲川は、家禄を取りあげられ、財産は没収、妻子は領外追放。本人は雁金《かりがね》村に押しこめられて、数年後に亡くなっている。

一方、加賀田屋正太郎は斬首となった。莫大な財産は没収され、家族は追放処分。袋井村の干拓地は藩のものとなり、百姓たちに貸し与え、代官を置いて治めさせることになった。

加賀田屋の店舗のみは、大番頭をあるじとしての継続が認められたが、正太郎の悪行が露見したあとでは維持するのが難しく、二年と保たなかったのである。

多額の借入金の負担のおおきさは、利率の高さによる。江戸開府当時は年率二割が上限とされていたが、元文《げんぶん》元（一七三六）年に一割五分にひきさげられた。とは言え高率であることに変わりはない。低くても一割は覚悟せねばならぬからである。

この利子に苦しめられた老職たちは、一刻も早くそれから逃れたかったのだろう。

早急に整理し、半年後からなるべく短期間で返済すると、借入先の商人に連絡した。稲川と加賀田屋から没収した額が、それだけ多かったということだ。

商人が融資するのは、高額の利子を生むからである。そのため、なるべく長期にわたって借り、利子を払い続けてくれるのが上客であった。

ところが園瀬藩が短期で完済するというのだから、話題にならぬはずがない。噂《うわさ》が駆け巡り、憶測《おくそく》を生み、たちまちにして、大名家の江戸御留守居役たちの知るところとなる。

江戸御留守居役は石高が近いとか、縁戚関係にある藩などで寄合を作り、情報を交換しあっていた。おおきな役目の一つに、道路、河川、城郭や石垣の修復などの役目を、幕府の押しつけから逃れることがある。その気配があれば、老中などに素早く手を廻さねばならない。

園瀬藩江戸御留守居役の古瀬作左衛門《さくざえもん》は、それは借財を減らしたいとの願いであって、いわば夢物語だと力説した。ほとんど具体的になっていないのに、噂だけが独り《ひと》歩きを始めたのだ、などと必死になって打ち消し、曖昧にぼかそうとしたのである。

その一方で園瀬に急使を送った。返済の目途がついたのに、高率の利子を払い続けることは忍び難《がた》いであろう。しかし目先の収支にとらわれて、将来の負債を抱えることになっては意味がない、と諄々《じゅんじゅん》と説《と》いた。

報せを受けた園瀬側では、完済までの期間を四、五倍に延ばすことにした。それでも注目されるはずで、よほどうまく振る舞わないと、苦汁を呑まされかねないと言いたいのである。

ここまで聞けば、源太夫にも若い中老が危惧《きぐ》している理由がよくわかった。数馬が打ち明けた内容には、中老として漏らしてならないことが、相当に含まれているのが察しられた。となると源太夫としても、一歩踏みこんで話さなければならない。

「御家老方の加増は、新野さまが音頭を取ったのか」

「南原《なんばら》さまでしたが、新野さまの意向を汲《く》んでだと思います」

稲川が失脚したとき、次席だった安藤備後《あんどうびんご》が筆頭に、裁許奉行から家老に復帰した九頭目一亀が次席に、空席になった家老には中老だった新野が昇格した。藩主家に連なる九頭目甲斐《かい》家はそのままであった。

ところが筆頭家老になった安藤が、稲川とおなじ轍《てつ》を踏んで失脚。その後釜《あとがま》には一亀でなく新野が納まった。

空席になった家老には、芦原讃岐が昇格すると多くの者が思っていた。新野とともに先の改革を成功に導いた、功労者だったからである。ところが南原十内《じゅうない》に決まった。

今回の御公儀隠密潜入の件で、なるべく少数で当たろうと言ったとき、讃岐が新野について曖昧だったのは、二人のあいだに溝ができかかっていたからかもしれない。

「あれだけのことをやってのけたのだから、わしらも多少はいい思いをしてもよいのではないか、と新野さまが漏らされたとの噂も耳にしております。商人は敏感ですから、新野さまになにくれとなく」

口を噤《つぐ》んだのは、さすがに喋りすぎたと思ったからだろう。

新野平左衛門が第二の稲川八郎兵衛になる可能性があると、どうやら数馬はそれを心配しているらしい。

「稲川がいかなる手段、方法で蓄財したかを新野さまはご存じだ」源太夫は思い切って本質に触れた。「稲川がどうして破綻したかをも、知悉《ちしつ》しておる。要するに新野さまがその気になれば、決して尻尾を摑まれることのない、第二の稲川になることができるということだな。となると、相当に厄介《やっかい》だ」

数馬が否定しなかったのは、源太夫の指摘が的を射ていたからだろう。

「なるほどようわかった。一朝《いっちょう》事あるときには、身を挺《てい》して合力《ごうりき》する。だがそうならぬよう、回避の道を探るのが先決だ」

「わたしもそう考えております」と言った数馬の顔は、道場に来たときに比べるとずっと明るかった。「先生に聞いていただき、心の重荷がおりた思いがいたします。ありがとうございました」

「ところで、この件に関してだれかに話したのか」

「先生のみです。だれかれに話せる問題ではありません」

「数馬の考えは正論ゆえ、おなじ思いの者はけっこういるはずだ。ただし見極めるのは困難で、敵味方と色分けできるほど単純ではない。面をかぶっている者もいるだろうから、くれぐれも慎重に振る舞うように」

中老の芦原讃岐がおなじ考えなので、なにかあれば相談するがいい、との言葉は呑みこんだ。そのときが来れば、当然、話さなくてはならないことである。

ときによって変わるものと、変わらぬものがある。

藩主の改革を中心になって推進した新野は、当時中老だったが、現在の数馬も末席とはいえ中老である。いや、それは関係なかろう。それ以前に、藩を思う心に身分、地位は関係ないということなのだ。

八

「カネヤが九日会《ここのか》に入ることになりそうだ」

銚子を差し出し、盃を乾すようにうながしながら、讃岐が源太夫に言った。場所は西横丁《にしよこちょう》にある料理屋「花《はな》かげ」の離れ座敷で、二人がそこで飲むのは久し振りである。


九日会は松本の作蔵が宗匠を務める俳諧の集まりで、讃岐と次席家老の九頭目一亀も同人であった。その月次《つきなみ》の句会に前夜、二人は出席していた。

軍記読みの乾坤斎無庵師弟が松本を頼ったおり、作蔵は近所の芸好きたちを集めて、かれの芸を聴かせている。そして豪農であるカネヤの戌亥《いぬい》に、興行を一考してくれるよう推薦文を書いてやった。

おかげでカネヤでの、五日連続の口演が決まったのである。初日にたまたま聴いていた袋井村の者がいて、自分の集落でも語ってほしいと新たな依頼もあった。そちらも好評で追加も決まっていた。

ところが二人が御公儀の隠密とその手先だとわかったのである。そのため、報酬の分配をめぐって仲間割れしたとの口実で、讃岐は闇から闇に葬る道を選んだ。

松本が関わり、乾坤斎無庵の師弟を紹介した先がカネヤ、そして師弟が御公儀隠密だったということで、念のため報せてくれたのだろう。

「カネヤの戌亥に風流心があるとは、思いもせなんだが」

「親父ではなく倅《せがれ》、銀次郎《ぎんじろう》のほうだ」

「次男坊か」

「商売を学びたいとの理由で、父親が懇意《こんい》にしている隣藩の大店に、仕事を覚えたくて自分から住みこんだと本人は言っている。そこのあるじが俳諧を嗜《たしな》んでいるので、銀次郎も多少は齧《かじ》ったらしいのだ」

「入ることになりそうだ、と言ったが、入った訳ではないのか」

「ああ、だがまちがいなく入る。わしが一亀さまを会に誘ったときも、よく似た手順を踏んだからな」

源太夫はのちに知ったのだが、一亀が九日会に入るには、複雑な事情があったのである。

一亀と現藩主九頭目隆頼《たかより》の父斉雅《なりまさ》は、兄斉毅《なりたけ》の急死で思いもしない藩主の座に就《つ》いた。ひ弱な体質であったため、筆頭家老稲川八郎兵衛に付け入られてしまった。稲川一派に牛耳られている藩政を、なんとしても藩主家の手に取りもどすことを、若い息子兄弟に託したのである。

側室の子として園瀬に生まれた亀松《かめまつ》は、六歳で江戸藩邸中屋敷に移り、藩主となるための教育を受けた。

十六歳のある日、父から正室の子である弟千代松《ちよまつ》に藩を譲るので、一族の九頭目伊豆家に入り、一人娘の美砂《みさ》を妻として家老になるように言われる。

元服して永之進《えいのしん》と改名すると、十七歳で参勤交代の父に伴って園瀬入りした。美砂の成長を待って挙式し、家老となって一亀を名乗ることになったのである。

明るくて欲のないお人好しとの印象を与えねばならないと思った一亀は、思い切った手を打った。武士には踊ることはおろか見ることさえ禁じられている園瀬の盆踊りで、踊り狂ったのである。

それが発覚したため、謹慎ののち家禄を半減され、家老から裁許奉行に落とされた。

裁許奉行は七代藩主時代に、老職が相次いで病気となって政務が滞《とどこお》ったために設けられた役職である。いわば家老の控えだが、家老が健康で仕事に支障がなければ、町奉行や郡代奉行の手に負えない訴訟《そしょう》を裁決し、願いに対して許可を与えるのが主な役目であった。

ひたすら書類に目を通して判断するという、地味で苦労の多い役だが、裁許のために藩庁へ出るのは月に一度でよい。そのため「遊び奉行」と蔭で呼ばれていた。

一亀のねらいを遂行《すいこう》するには、もっともふさわしい役と言ってもいい。

しかも実際の仕事の開始は、半年後ということである。一亀はなにかあればどこにでも顔を出し、身分や職業に関係なく、だれかれの区別なく接した。そしてひたすら、やたらと明るくて欲のない、ひと言で言えば無害な人、との印象を与えることに努《つと》めた。

やがて「神出鬼没の一亀さん」と親しまれるようになった。さらには人を使って、自分から「園瀬の愚兄賢弟」と呼ばれているとの噂を広めた。

盆踊りを踊ったため家老から裁許奉行に落とされながら、翌朝は並木の馬場で馬を乗り廻していたような男である。無欲で無害な人物との評価は短期間で定まった。

一亀はその裏で、少数の同志と稲川を裁くための証拠固めに取り組んだ。一亀を軸とした、側用人的場彦之丞、中老新野平左衛門、目付芦原弥一郎という面々であった。中でもそれぞれの連絡を取る立場の芦原とは、頻繁《ひんぱん》に会わねばならない。

裁許奉行と目付が絶えず会っておれば、怪しむ者もいるだろう。そこで考えたのが、芦原が同人である九日会への入会であった。同好の士として会うなら、さほど不自然には見られないからだ。

句会では、世間のいっさいの柵《しがらみ》から解放される。職業や地位に関係なく、全員が俳号で呼びあう点からも、「神出鬼没の一亀さん」をもっとも活《い》かせる場であった。

さらに魅力だったのは、顔ぶれが多彩だったことだ。

武家では家老や中老という重職、あるいはその用人が多かった。目付だった芦原弥一郎は、ほどなく中老になって讃岐と名を改めている。

商人は大店の主人か若旦那、ご隠居、番頭あたりであった。大旦那と商売敵《がたき》であるべつのお店《たな》の番頭が、句の良し悪しをめぐって和気藹々《わきあいあい》と言葉を交わしているところなどは、一亀には新鮮に映ったとのことだ。

ほかにも庄屋などの大百姓、医者、僧侶に神官、園瀬藩に招かれた学者と、多士済々である。

一亀にとって、園瀬の里のおもだった人々と知りあえるという意味でも、九日会への参加はおおきな意味を持っていた。

一亀が見学の名目で参加した初回の句会は、宗匠である松本の作蔵の屋敷でおこなわれた。

そのあいだに別室に膳部が用意され、会の終了後は全員が移って酒食の席となった。そこで初めて宗匠が、一亀に自己紹介するように求めた。

「ここしばらく平穏だった園瀬の里を、一人で騒がせ、うしろ指を指されている愚兄賢弟の前者が、ほかならぬわたしです」

そう言って、自分なりに考えた俳号だと、懐から折り畳《たた》んだ紙を出して拡げた。そこには求繋と書かれていた。

「ぐけいとお読みください」

愚兄と掛けたとわかって、どっと沸《わ》きあがった。笑いがおさまるのを待ち、宗匠の作蔵はおおきくうなずいた。

「求繋、……繋がりを求む、ですか。なかなか見事な俳号です」と、うまくまとめてくれた。「ところで、どなたとの繋がりを求めておられるのでしょう」

「九日会の御一同」

「いや、恐れ入りました。なかなか楽しい人が加わってくれました」

宗匠のそのひと言で、一亀の参会は自然と認められたのである。

「カネヤの銀次郎は、一亀さまほど洒落《しゃれ》ておらなんだ、というか、野暮《やぼ》の見本のようであったな」

江戸育ちで粋《いき》な一亀と比べ、銀次郎は武骨な田夫《でんぷ》である。隣藩の大店で修業したわりには洗練されていないが、それだけに本音が垣間見えた。衣の袖から鎧《よろい》が覗《のぞ》く、というやつだろう。

父親の戌亥は実直で堅実なだけの男で、現状に満足している。莨の専売にともなう事業をカネヤで引き受けることになったのは、おなじ百姓として、栽培農家の苦悩から目をそむけることができなかったからだ。

だが戌亥は、それ以外の商売には関心を示さなかった。しかし打ち切れば、たちまちにして困る人たちが出るので、当分という条件付きのものも含め、銀次郎の説得で渋々と同意したとのことである。

「わたくしは商《あきな》いに魅力を感じておりますが、本気で取り組むなら風流を解する心を持たないと、人が相手にしてくれないと言われました。そのためになにをすればいいかと伺いましたところ、まずは俳諧ではないだろうか、とのことでした。つきましては、ぜひ九日会に加えていただきたくお願いいたします。なにぶん、若輩者《じやくはいもの》でなにも存じませんので、どうかよろしくご指導のほど願います」

概《おおむ》ねそのようであったらしい。

「なんと味のない、つまらんあいさつであることか。まず長すぎる。面白くない。余裕が感じられぬ。九日会に対して慇懃《いんぎん》無礼であるが、本人はそれに気付いてもいない。だが、それよりもだ」

なにからなにまで嘘だらけだ、と讃岐はうんざりした顔になった。

「加賀田屋について触れなかったのは、あるじの正太郎が斬首されて財産を没収されたことがあったし、先《せん》の筆頭家老の処分に絡んで生々しすぎる。九日会には藩の重職、大店のあるじや番頭などもいるので、口にしなかったのは当然だろう。だが萛の栽培農家の苦悩から目をそむけられなかったから、止《や》むを得ず引き受けたとは、よくも言えたものだ」

萛の専売にともなう事業は、確実性が高いからこそ戌亥は意欲を示したのである。人入れ業や金貸しに関しては乗り気でなかったが、打ち切ればたちまちにして困る人たちが出るとのことで、銀次郎の説得で引き継いだと言った。実際のところは意欲を示したのは戌亥で、銀次郎を隣藩の商家に預けたのも、商いを学ばせるためであった。

「あとから照らしあわせると、そう考えるしかない。人入れや金貸しには藩の許可が必要だが、戌亥は加賀田屋処分のどさくさに紛れて素早く申請し、許可を得ている。打ち切ればたちまちにして困る人たちが出る、というのが申請の主たる理由だ」

「言っておることの逆ではないか。あきれたものだな」

「ところが堅実な収益をあげるはずの萁の専売に関して、遣り方がわからない。そこで加賀田屋大番頭の清蔵《きよぞう》を抱きこんだ」

「清蔵は店を引き継いだのではなかったのか」

「そのとおり。正太郎は処分されて財産は没収されたが、清蔵があるじとなるなら、加賀田屋は続けていいということになった」

だが、一番うまみのある萁の専売だけでなく、人入れや金貸しを取りあげられては、手足を捥《も》がれたに等しい。

「であれば、たちまち立ちいかなくなるだろう。加賀田屋は二年近く持ちこたえたぞ」

「奉公人を抱えて清蔵も必死になったのだろうが、カネヤから金が出ていたはずだ。なぜなら、戌亥は長男の金太郎《きんたろう》を清蔵につけて、あらゆる商売の術を学ばせたのだ。教授料ということか」

清蔵は新生加賀田屋のあるじと、カネヤの使用人という二つの顔を持つことになったのである。

そして金太郎がすっかり商いの術を覚えたころ、加賀田屋は持ちこたえられずに潰れてしまった。カネヤにすれば、それ以上の金を使う気はなかったということだ。清蔵と奉公人の中で有能な何人かは、カネヤに横滑り的に奉公替えしたのである。

「となると、遠からず清蔵はお払い箱になるのではないのか」

「考えられぬことではない。ただしカネヤにしても、露骨にはできんだろう。数年ようすをみてからだと睨んでいるが、清蔵も正太郎のもとで番頭をやってきた男だ。そう簡単に馘首《くび》にされることはあるまい。うまく喰いこむだろうと見ておるがな。話したと思うが、清蔵は九日会の同人で、俳号を小菅《こすげ》と言う」

「すると銀次郎が九日会」と、言い掛けて源太夫は口を噤んだ。「長男が金太郎で、次男が銀次郎。金銀をうまく使えば、将棋は勝てると言うが」

「おぬしの考えておるとおりだ」と、讃岐はにやりと笑ってから、真顔にもどった。「銀次郎が九日会に入ったのは、カネヤが本格的に動き出したからだと見てよかろう」

「とすると、すでに動き出しておるのか」

数馬が言ったことを、どこまで知っているかと思ったが、讃岐はしばらく黙ったままであった。

「商人というものは、だれが一番力になってくれるかを、見抜く目を持っておるからな」

讃岐はそれ以上言わなかったが、新野が第二の稲川にならねばいいが、と言っているも同然である。

「ほかにも気の滅入《めい》ることがある。隣藩が莨の栽培と加工について知ろうと、仕掛けているらしいのだ」

讃岐が話題を変えた。

隣藩は外様だが、二十三万九千石の大藩である。喜多川《きたがわ》の流域に広がる肥沃《ひよく》な穀倉《こくそう》地帯で知られていた。

藩の南部、領地の五分の一くらいが、花房川の下流域になっている。上中流域が園瀬の里なので、土壌と水質はほぼおなじであった。莨の栽培と葉の加工技術を得さえすれば、園瀬にとっては手強い競争相手になるだろう。

「銀次郎の件にも関わりがありそうか」

「あるかもしれん。ないかもしれん」

中老としては、いかに源太夫が日向道場の相弟子で、改革時の同志であったとしても、話せることと話せないことがあるのだろう。数馬が、師匠である源太夫にも語れぬことがあるように。

「なんとか正しい軌道に乗せられたと思うたが、安穏なときは長く続くものではないのかもしれん」

「雷のこともあるしな」と、源太夫は指を折る。「三つ、いや四つか」

なにが言いたいのだ、という目を讃岐が向けた。

「一つ、御公儀隠密。二つ、重職に取り入ろうとする商人と重職の変質。三つ、第二の加賀田屋にならんと企《たくら》むカネヤ。四つ、莨を特産にしたいとねらう隣藩。まだあるかもしれんな」

「そこまでにしておけ」と、いつになく険しい声で讃岐が言った。「そんなことは考えても、わし以外に絶対に言うなよ」

「あたりまえだ。しかし、政事は面倒だな」

「……ん?」

「剣なら斬り殺すか斬り殺されるか、どちらかだ」

「相討ちもあるぞ」

第二章　謎

「あれは一体、なんだったんかいな」

首を傾げる里人もいないではなかったが、それも長くは続かなかった。

初代藩主お国入りの記念日である如月（二月）十八日以外には、緊急時にしか打ちあげられない雷の爆発音が轟いて、園瀬の住人は肝《きも》をつぶした。しかし衝撃のおおきさの割には、忘れるのも早かったようだ。

どうやら高橋の番所役人の試し打ちだったらしいことがわかり、槍、弓、鉄砲の組士たちが、物頭の指揮のもと直《ただ》ちに動いて要所の守りを固めたことで、安堵《あんど》したからだと思われる。

実はもっとおおきな理由があった。藩外からも多数の見物客を呼ぶ、園瀬の盆踊りが迫っていたからだ。と言っても、卯月（四月）の中旬なので、皐月《さつき》（五月）、水無《みな》月《づき》（六月）と、お盆のある文月《ふみづき》（七月）までは、まだ三月《みつき》もある。

ところが園瀬の住人にとっては、「まだ三月」ではなくて、「もう三月」というのが実感であった。なにしろ園瀬の一年は、お盆を中心に廻っているからである。

なぜ、そうなったのか。

五年という歳月はあまりにも長かった、と言うに尽きる。

将来の花房川となる川筋を掘り起こし、その土を盛りあげて蹄鉄のように強固な大堤防を造っていく。二年をすぎると、その内懐に広大な水田地帯ができることが、領民にも思い描けるようになっていた。

花房川は相変わらず荒れ川で、毎年のように氾濫を繰り返していた。その流れを見ながら、領民はひたすら土を掘り、掘った土を盛りあげていったのである。あちこちで同時に作業が進められ、それが次第に繋がっていくのが目に見えるようになっていた。

「いよいよやな」

「いよいよじゃ」

五年目になると、それが合言葉となった。

そして、ついにその日がやってきた。

間もなく梅雨《つゆ》になろうというある日、新しい花房川に流れが引きこまれ、古い川が遮断されたのである。

領民は歓声をあげ、涙を浮かべた。そして身分や職業に関係なく、手を取りあい、抱きあって喜びを分かちあった。

すでに水門は作られ、城を守るための石垣と濠《ほり》も整えられていた。あとは古い川筋の一部を利用しながら新たに堀と溝を掘り進め、その土と古い堤防を切り崩した土で、水田や畑地を整備してゆく。続いて、田圃《たんぼ》に隈《くま》なく水が行き渡るよう、用水を張り巡らせる作業が残っていた。

だが、さしもの難事業も峠を越えたのだ。

濁流《だくりゅう》となって流れていた新しい川は、やがて清流となった。護岸用の孟宗《もうそう》竹や真竹が植えられて根を張り、流れが段丘の土砂を抉《えぐ》る岸には蛇籠《じゃかご》が並べられた。

それから、長い年月を掛けて多くの淵を掘り起こし、せせらぎの水音が心地よい早瀬を作って、現在の花房川となったのである。

高くて幅の広い大堤が、いかに頼もしく領民の目に映ったことか。これからは氾濫に泣かされることなく、安心して米作りや商売に精が出せるのだ。堤防が決壊することもなければ、川筋が変わるとか、家や田畑が流される心配もない。

苦労の果てに得た充実感の絶頂にあるとき、藩主から酒と糯米《もちごめ》が供され、お盆のあいだは無礼講ゆえ、存分に楽しめとの許可がおりたのである。

庶民が歓喜したのは当然だろう。好きなだけ踊っていい、ただし武家は踊ることはおろか見物もならず、というのだから。

　では武家から不満が出なかったかというと、その気配すらなかった。初代藩主九頭目至隆が園瀬入り後、御目見得かどうかに関係なく、全藩士をまえに語った国造りの構想に、だれもが共鳴したからである。

　戦世《いくさよ》は終わりを告げた。これまでは日々が生き残るための闘いで、それに勝たぬかぎり明日はなかった。しかしこれからはちがう。目のまえのことに齷齪《あくせく》せずに、子々孫々の繁栄のために遠大な計画を立て、その礎《いしずえ》を築くべきだ。

　荒れることで定評のある花房川を手なずけ、野獣を家畜に変えてしまう。広大な荒地や沼沢《しょうたく》を田畑に作り変えると、三万六千石が五万石にも六万石にもなり得る。倍の七万二千石も夢ではない。

「将来の繁栄と安定した生活のために、しばらく耐え、力を貸してもらいたい。国の礎がたしかなものになるまでは、どうか我慢してくれ」

　藩主の言葉に首を振る者はいなかった。筆頭家老でさえ一千石という、他藩に比べ三割から五割も低い禄となったが、藩士たちは夢に賭け、受け容れたのであった。

　続いて至隆は大百姓や主だった商人を招いて、自分の構想を語り、協力を要請した。大風呂敷を拡げられて戸惑い、とんでもない法螺《ほら》吹きだと呆れる者もいたかもしれないが、やはりかれらも夢に賭けた。

三年がすぎ四年目を迎えると、蓄《たくわ》えは底をつき藩庫は空になった。安い手間賃《てまちん》で奉仕する領民だけでは足らないので、多数の人夫を雇わなければ計画が遂行できなかったからである。

重職たち、特に難波《なにわ》藩邸の者が豪商相手に金策に走ったが、だれも渋い顔になり、首を振ろうとしない。

ところが大商人を園瀬に招き、実際に川筋を変えている大工事を見せると、相手の態度は豹変《ひょうへん》した。かなり繋がりを見せ始めて、幅も高さもある大堤防の内懐に抱かれた、やがて田畑となる広大な地を目にした商人は、自分から融資に関する具体的な案を提示したのである。

そのような経緯《いきさつ》があってのお盆の無礼講は、それまでの労苦を帳消しにするほどの感動を領民に与えた。

さて、庶民だけに許された無礼講はどうであったか。

三日三晩、宵日《よいび》を入れると四日間、笛、太鼓《たいこ》、木魚《もくぎょ》、ともかく音の出るものを鳴り物に、だれもが踊り狂った。その底抜けに陽気で開放的な踊りは、お盆で故郷に帰っていた者だけでなく、旅人や、仕事で園瀬を訪れていた商人たちによって広められた。

「あんな踊りは見たことがありませんな。ありゃ馬鹿踊り、気狂《きちが》い踊りと言うしかない」

などと呆れたように言う。

「だったら馬鹿らしくて、二度と見る気になれんのではないですか」

「それがですなあ」と、言われたほうは焦点のあわない目になり、奇妙な笑みを浮かべるのであった。「あとを引くのですよ。なんとなく体がうずきます。あのお囃子《はやし》を聞くと、体が勝手に動いてしまうのです」

そんな言い方をされると、大抵の者は見たくてたまらなくなる。

「連れてってくれませんかね」

「しかし、楽しめますかなあ」

「楽しめるかどうか、見なければわからないではないですか」

「しかし、ひどいものを見せられた、くだらぬ散財をさせられた、などと恨まれてはかないませんからね」

「そんなことは言わないから、連れてってくださいよ。恩に着ますから」

恩に着るとまで言われたら、だれだっていやだと突っぱねることはできない。

一度見ると虜《とりこ》になって、翌年の宿を予約して帰る者がほとんどであった。いつしか宿も簡単には取れなくなってしまう。やがてお盆のあいだは、商家や百姓家でも見物客を泊めるようになった。

踊る里人は楽しくてならないのに、そんな自分たちを見ておもしろがる連中がいる。となると、さらに楽しんでもらおうと欲が出るのが人情というものだ。

初めのころはめいめいが勝手に、せいぜい数人の仲間を集《つど》って踊っていた。着物は自前の浴衣《ゆかた》、鳴り物も身の周りにあるもので間にあわせていたのである。

そのうちに町内の仲間や仕事で気のあった連中が集まって群れができ、それを連《れん》と呼ぶようになった。連ができると名を決める。連名を染め抜いたそろいの浴衣を作り、ほかに負けぬようにと、派手で目立つ意匠《いしょう》に凝《こ》りだす。

踊り手だってそうである。一人でも多くの、できることなら見物人全員の目を、自分だけに引き付けたい。滑稽《こっけい》な表情、奇抜な、意表を衝く動き。突然停止し、長いあいだ微動もせず、と思うと激しい動きとなって弾《はじ》ける。

男が個なら、女は群れ、であった。衣裳《いしょう》をそろえて動きをあわせると、優雅《ゆうが》に、また華やかに映って喜ばれる。それがわかるとますます極めてゆく。

だれかが鳥追笠《とりおいがさ》をかぶると、それが粋だと褒《ほ》めそやされ、たちまち定番となった。

単にかぶるのではなく、まえを深くしてうしろをあげると色気が、特に目の輝きが魅力的だと言われて、だれもがそうした。

浴衣の襟《えり》は色を変えたほうが映えるが、色は濃いほうがいい。蹴出《けだ》しは赤や桃色にすると華やかだ。下駄は黒漆塗《くろうるし》りで鼻緒は赤、足袋《たび》は白と、見栄《みば》えがよくて評判になったものだけが残った。

頬被《ほおかむ》りをするかと思うと、鉢巻を締めたり面を着ける者もいた。顔をおおわず、気取って前頭部に斜めに掛ける者もいる。

口を尖《とが》らせてひょっとこ面《づら》になって踊ると、「素顔のほうがおもっしょいでえ」と言われる。おもしろいと声が掛かれば、面はかなぐり捨てるのであった。

鳴り物にしてもそうだ。最初は音のする物はなんでも鳴らしていたが、音色《ねいろ》がよくて音量があるものが選ばれた。持ち運びの便利さや、ほかの楽器との相性もある。琴や鼓《つづみ》、木魚や洗濯板《せんたくいた》、火箸《ひばし》などはいつの間にか姿を消した。

三味線《しゃみせん》、篠笛《しのぶえ》、鉦《かね》、太鼓が残ったが、太鼓は締太鼓と大太鼓である。

踊りといっしょに練り歩くので、祭りで使うような大太鼓を車付きの台車に載せ、牽《ひ》いて行くのは間が抜けている。

太鼓は胴の幅が狭く革面の広いものとなるが、腹のまえで水平にして叩くと、支えるにも限度があって、おおきさが制限される。縦にして用いると、おおきくても支えやすいし、左右両面から叩くことができ、囃子に変化が付けられ好都合《こうつごう》であった。

好き勝手に踊っているだけでは注目してもらえないことに、先に気付いたのは女性かもしれない。

花街のきれいどころの踊りに、目を瞠《みは》らされた。おなじ盆踊りでも、これほどまでに味が出せるのだ。

化粧《けしょう》から着こなしまで、すべてにおいて素人《しろうと》とはちがう。舞踊《ぶよう》の素養に裏打ちされた踊りはまるで舞のように典雅《てんが》で、動きそのものにメリハリがある。何人かで踊っていても動きがぴたりとあって、わずかな狂いもない。

せせらぎが瞬時に激流となり、そよ風が突風となる。おだやかな波のような動きが、一瞬にして乱調子となる。またその逆へも、ごく自然に移行するのであった。右のほうへ移動しながら、たおやかな手さばき足さばきを見せていたのに、次の瞬間には左へと向きを変え、しかも踊りは途切れることなくなめらかに続く。

息を飲む美しさに、うっとりさせられる。おなじように踊りたいが、それがむりならせめてまねをしたい。そう思うと、矢も楯《たて》もたまらず行動に移すのである。だが思うばかりで、心の裡《うち》で描いているようには動けない。

一瞬の切り替えができず、うっかり反対方向に動いてぶつかってしまう。おなじ振りをしてもそろわない。

しかし、見る人をうっとりさせたいのだ。感心させたいし、褒めてもらいたい。そのためには稽古しかなかった。練習を繰り返すことで、踊りを自分の、自分たちのものにするしかないのだ。

だから誘いあって練習を始める。当然、鳴り物も付きあう。笛や太鼓の音が聞こえてくると、自然に体が動く。

そうなると男も黙っていられない。

宵日を入れて四日を踊り抜くには、かなりの体力を要した。男は腰を落として踊る。場合によってはおなじ場を動くことなく、脚を繰り出しては引っこめ、団扇《うちわ》を持った腕を振り、揺らめかせながら、単調にならぬよう絶えず変化をつけて踊り続けるのだ。

相当に苦しいし体力を使うが、それを見物人に覚られてはならなかった。あくまでも気楽に、自在に、飄々《ひょうひょう》と踊っているように感じてもらわねばならない。

そのため園瀬の里では、お盆の三月もまえからお囃子が聞こえ、それを耳にするとだれもが我慢できなくなるのであった。夕刻になると始まるので、陽のあるうちに仕事をすませてしまう。

麦の穫《と》り入れと脱穀《だっこく》、田植えも終えて、百姓も一息つけるころであった。稲田の水入れや草取りはあるが、日中は避けて朝夕にすませてしまう。集中してやれば稽古に差し支《つか》えることはない。

今年も夏がやって来ると、京大坂や隣藩からも見物客が団体で詰めかける。園瀬の一年は、盆踊りを中心に廻るのであった。

これは初代藩主にも予想できなかった効果だろう。年ごとに見物客が増え、莫大な金を城下に落とすようになろうとは、思いもしなかったはずである。

二

「莨についてある程度は知ることができたが、なにごとも調べてみねばわからぬものであるな」

讃岐はそう口を切り、源太夫は黙って続きを待った。西の丸に近い中老芦原讃岐邸の表座敷で、二人は久し振りにくつろいでいた。

御公儀隠密の件について知っている者はかぎられているし、そもそも大っぴらにできることではない。

町奉行所や同心の相田順一郎を通じて、讃岐はそれとなく警戒を強めさせていた。また芸人や文人の面倒見がいい松本の作蔵や、東雲の与平をはじめとした旅籠の主人たちには、少しでも疑わしい者に関しては連絡させるようにしている。だがそれらしき人物はその後、園瀬の里には現れていなかった。

「やっておるのう」

盃を口に運びながらの讃岐のつぶやきは、次第に熱のこもり始めた踊りの練習についてのものだとわかった。気まぐれな風が蚊遣《かや》りの煙をときおり揺らし、どこかの辻か広場で始まった盆踊りの囃子が、波を打つように聞こえる。

一呼吸おいて中老は続けた。

「今回の九日会は吟行《ぎんこう》で源氏《げんじ》の瀧《たき》にまいったが、夏場はやはり水のあるところにかぎるな」

源氏の瀧は城下からは西、雁金村に行く途中の袋井村にあった。花房川に流れ込む渓谷《けいこく》の、里からは少し入ったところにある。滝の幅は一間（一・八メートル）ほどで高さはその三倍ぐらいだが、水量が豊かなため、四季を通じてみごとな純白の輝きを見せていた。

瀧のそばに開けた土地があり、かつて開幻寺《かいげんじ》があったが、焼失したままになっている。開幻寺の瀧が縮まってゲンジの瀧となり、親しみやすいことから源氏の瀧と呼ばれるようになったらしい。

渓《たに》に張り出した岩盤には藩の別墅《べっしょ》が建てられ、重職たちの保養、またじっくりと話したいときなどに利用している。

讃岐や次席家老の九頭目一亀が参加している俳諧の月例会は、持ち廻りで、同人の屋敷や料理屋でおこなわれていた。年に一度は神社仏閣や、風光明媚《めいび》な場所に吟行するのが慣わしであった。

別墅は八畳と六畳、茶室、台所、そして厠《かわや》という手狭《てぜま》なものである。三方は断崖《だんがい》で、一箇所が山肌を削《けず》って造られた細い道につながっていた。

すぐ先には、番人兼管理人夫婦の住む小屋が建てられていた。利用者や客があれば、食事や酒も供するのである。

吟行の参加者は月次《つきなみ》の会よりは少なく、十五、六人だったとのことだ。

「その人数なら会が開けぬこともない。ところが瀧音が騒々《そうぞう》しいため、窓を閉めねば話ができんのだ。この時期に窓を閉めたままでは鬱陶《うっとう》しくてならんからな」

そのため合評のみ別墅でおこなうことにし、礎石や石段の一部が残った開幻寺の廃《はい》墟《きょ》跡や、周辺を散策してすごしたそうだ。滝壺に掛かる虹を見、樹葉や木漏れ陽に目をやりながら、銘々が句を捻《ひね》ったのである。

一人三句、それを別の者が清書し、各人が選んで点数の多いものから順位が付く。それぞれが意見を出しあい、宗匠である松本の作蔵が講評を述べる。

今回はその順位付けと意見の出しあい、作蔵の講評のみを別墅でおこなった。そのため讃岐は、一亀とたっぷりと話すことができたのである。滝の落下音のため、人に聞かれる心配はない。

「もっとも、わしと一亀さまが話しこんでおっても、だれ一人として気にせぬがな」

讃岐と一亀がともに天地人、つまり高得点に選ばれるなど、いや、どちらかが高く評価されることもあまりなかった。つまり駄作仲間ゆえ意気投合し、というか慰《なぐさ》めあっている、とだれもが見ているのである。だから二人が長々と話しこんでいても、不思議に思う者はいない。

「わしは町方の相田と江戸藩邸の者に調べさせたことを、まとめて報告しようと思ったのだが、一亀さまもそれなりに、というか、ある意味でわしよりも詳しくご存じだった」

藩主家には、将軍家の御庭番のように、忍びの者がいるのかもしれないと、以前に讃岐が言ったことがある。源太夫はそれを思い出していた。

一点を凝視《ぎょうし》して動かぬ者がいるかと思うと、懐手をして行ったり来たりする者もいた。そしてやおら腰から矢立《やたて》を抜き、懐から綴《と》じた手控えを出して何事かを書き付ける。目を閉じて思いに耽《ふけ》る者もいれば、推敲《すいこう》しては書き直す者もいた。

一亀への報告に重きを置いていた讃岐は、素早く数首を書き留めたが、相手もおなじ思いであったらしい。矢立を腰にもどし、手控えを懐に捩《ね》じこむのがほとんど同時であった。

「莨の栽培と加工、と簡単に言うが、調べさせると信じられぬほど手間が掛かっておる。一度知ってしまうと、気楽に喫《す》う訳にはまいらぬな」

言いながら一亀は腰から印伝革《いんでんがわ》の莨入れと煙管《キセル》を抜いたが、火種がないことに気付いて腰にもどした。

「キセルは煙の管《くだ》と書くが、通常の読みならエンカンだ。なぜキセルと読むか存じておるか」

讃岐は町奉行所の同心相田順一郎に聞いたばかりだが、教えていただけませんか、と言いたげな顔で一亀を見た。

「なんでも南方のカムボジアとかカンボジャと申す国の、クシェルから来ておるらしい」

「クシェル、でございますか」

「管という意味だそうだ。莨の煙を喫う管だな。わが国では吸口と雁首《がんくび》をラオが繋いでおるが」と、そこでまたしても思い出したらしく、一亀はにやりと笑った。「その竹を、なぜラオと呼ぶか存じておるか」

クシェルがキセルになった事情は知っていたが、讃岐はラオについては知らなかった。

「やはり南方に、ラオスという国があるそうだ」

「それでラオと」

一亀は満足げにうなずいた。

「その地で産する竹は硬くて丈夫だが、皮が薄いので煙がよく通る」

「一亀さまは世情に通じてらっしゃいますな。いつも驚かされます」

句会では身分や年齢に関係なく俳号で呼びあう。一亀は求繫、讃岐は哉也《かなや》だが、二人きりになるとつい名で呼んでしまうのであった。

言われて求繫が苦笑する。

「べつに通じてはおらん。聞きかじりだ。いかぬ、うっかり脇道に逸《そ》れてしもうた。手数が掛かっておるという話柄《わへい》であったな」

「米には八十八もの手が掛けられているので、決して粗末にしてはならぬと教えられました。米という字を分解すると八十八となるので、そこからの牽強付会《けんきょうふかい》だと思っておりましたが、莨の栽培から類推しましても、一概にそうとも言えませぬな」

おおきくうなずくと、一亀は懐に手を入れた。

「こちらの頭が悪いのだろうが、一度聞いたくらいでは、とても覚えられぬ」

言いながら折り畳んだ紙片を取り出した。それを見て、讃岐もおなじように取り出し、二人は顔を見あわせた。

ともに細かな字が、びっしりと書きこまれている。

「芦原も調べたのか」

「とても、一亀さまのようにはまいりませんが」

「どれ、見せてもらおう」

一亀は二人の紙片を交換し、直《ただ》ちに字面を追う。讃岐も一亀の手控えを読んだ。

唸るかと思うと、「ふむふむ」と余裕のある声を出し、「お、そういうことか」などと、とてもではないが、静かに目を通すなどとはいかない。

声にこそ出さないが、讃岐も感心したり納得したりで、表情が絶えず変化した。しかし満足と戸惑いを秤《はかり》に掛ければ、後者が重かったようである。

ちらりと横顔を盗み見たが、その思いは一亀もおなじであったようだ。

讃岐が相田に調べさせた内容を記した紙片を読み終わった一亀は、自分が調べさせたものと見比べ、それから目を閉じたが、どうやら考えをまとめていたらしい。

やがて微笑が浮かんだと思うと目を開けたが、その表情は明るく屈託がなかった。もっとも讃岐は、一亀の深刻な顔は見た記憶がない。

「隣藩が莨について探っておるらしいというので、調べさせたのだが、今ひとつ判然とせん。湿った木が燻《くすぶ》り続けているような、すっきりせぬものを感じていたのだ」

と、言葉を切ってから続けた。「だが芦原のこれに目を通して腑《ふ》に落ちた」

なにがでしょう、と訊きたいのを抑えて讃岐は続きを待った。

「花が咲けば実が生《な》り、種を取る。秋の麦播《ま》きのおりに下準備をするが、苗床《なえどこ》を整えるのはその二ヶ月後となっておるな。莨の種を播くのは、春の彼岸《ひがん》の十日前とある。種選びから播くまでの保管だけでもおおごとだ」

まず種取り用の株を決める。幹に病害がなく、葉ぶりがよくて葉数の多いものを選ばねばならない。莨は採取した葉を乾燥させ、刻んで喫《の》むが、種用に選んだ株の葉は結実するまでそのままにしておく。

花は咲き始めてから終わりまで二十日ほどで、その真ん中の七日間くらいに咲いたものを、幹一本あたり十四、五輪《りん》を残して結実させる。その前後に咲いたものは切り捨て、種子用の花は結実するまで、害を受けぬよう毎朝虫を捕殺せねばならない。

種実が成熟して茶褐色を帯びれば、幹一尺（約三十センチメートル）くらいをつけて伐採《ばっさい》し、一夜水に浸《ひた》しておく。これによって虫を除き、未熟な実を分別するのだそうだ。

翌朝、引きあげて日光に晒《さら》してよく乾燥させ、手で実を揉み落とす。次に毛節《けふるい》や箕《み》を使って種を精選し、貯蔵するのである。

寒中になれば陶器に水を張り、種を入れてよく攪拌《かくはん》する。浮いたものを除き、沈んだ種だけを残す。その種に土を少し混ぜて布に包み、さらに油紙で包装する。それを深さ一尺以上の土中に埋め、播種《はしゅ》まで保管するのであった。

毛節と箕による選別が完全であれば、この水張り作業は省《はぶ》いても差支えない。

「これだけでもたいへんな手間だが、さて実際の種播きから本床への移植となると、これとそれでは回数からしてちがっておる」

一亀の手控えには、春の彼岸の十日前に種を播くとあった。発芽後二ヶ月で苗が三寸（九センチメートル強）ぐらいになるので、苗床から畑に植え替えること、となっている。

相田が調べたものでは、種はまず親床《おやどこ》に播かれる。播種は一亀のより二十日ほど早く設定されていた。長さ一寸の葉が三、四枚出たころ、子床《こどこ》と呼ばれる苗床に移植し、その後、およそ一ヶ月育てた苗を、畑に移植するのである。

さらには鍬《くわ》入れや耕耘《こううん》、施肥《せひ》も双方に差異が多かった。特に肥料に関しては、その種類、施《ほどこ》す回数、一回の量、また降雨や風などに応じての微調整と、非常に細かく決められていた。

例えば肥料の場合、油を搾《しぼ》り取った菜種の油粕《あぶらかす》、人糞と尿を野壺で発酵させた肥《こえ》、藁灰《わらばい》、小麦糠《ぬか》のフスマ、前年夏に刈り取った雑草を馬に踏ませ馬糞とともに発酵させた堆肥《たいひ》、などを、ときと場合に応じて、それも定められた量を用いなければならない。

「おもしろきものであるな」と、一亀が楽しそうに言った。「二人が調べさせた内容は、ほとんど一致しておらん」

「でありながらどちらも、これが一番良き方法であると自信たっぷりに書かれています」

良質の葉莨を生産するための、もっとも重要な作業に芯止《しんど》めがある。莨が成長して、晩春から初夏になると花芽《はなめ》が現れるが、開花直後に芯止めと言って、花芽を摘《つ》み取らねばならない。養分を行き渡らせて売り物となる葉を熟成させるために、不要な花や葉は除去する。

「ところが葉そのものの分け方がちがうのだ。莨は一株に二十葉前後を付けるが、こちらでは土葉、中葉、本葉、天葉と四種だ。ところがもう一方では下葉、中葉、上葉と三種に分けられ、下葉は除去すると書かれている。土葉が下葉、次が中葉で、本葉と天葉が上葉に当たるのであろうな」

三

そのころになると讃岐にも、一亀の「腑に落ちた」の意味がいくらかわかってきた。

「このあとが、いよいよ収穫と乾燥、そして保管だ」と、一亀は続けた。「これがもっとも重要である」

もったいぶった言い方をしてから、一亀は言葉を切り、にやりと笑った。

「さよう」と、讃岐も負けてはいない。「こと細かに書かれていますが、要するに手を抜かずにちゃんと作業をおこない、乾燥と保管に注意すれば、数年間は質を落とさずに維持できるということです。乾燥不十分では、貯蔵中に腐敗しますゆえ」

近江屋のあるじ吉右衛門《きちえもん》が苦吟の体《てい》で、木陰の二人に気付かず通りすぎた。痩身《そうしん》で動きが緩慢《かんまん》なところは、鶴《つる》のような大型水禽《すいきん》を思わせた。俳号は青山《せいざん》である。

ちらりと吉右衛門を見た一亀が言う。

「ところで、本日は九日会の吟行当日ではなかったか」

とぼけた問い掛けに、讃岐は透《す》かさず切り返した。

「吟行苦行」

「やはり芦原は、川柳《せんりゅう》か狂歌のほうが能力を活かせそうであるな」

「ご心配無用、まだ点取りには間がござるゆえ」

句出しと選句、そして宗匠の講評には多少の時間的余裕があるはずであった。それで安心したのか一亀が話題を変えた。

「莨の刻み幅は、細いほど味と香りがよくなる」

「と申して、刻み手によってそれほど差が出ますものか」

「それは発句《ほっく》でもおなじであろう」

「とんだ藪蛇《やぶへび》となりましたな」

手刻みは葉の塵《ちり》をていねいに除き、硬い葉脈を取ることから始める。葉を何枚も重ねて短冊状の薄板を芯にして巻き付け、板を抜き取って折り畳んだものを重石《おもし》で圧搾《あっさく》するのであった。次に手切台の上に押板で押さえつけ、少しずつずらしながら包丁で細く刻むのである。

そのために特別な包丁が作られていたが、摂津《せっつ》国は堺《さかい》のものがよく知られていた。

「カカ巻きトト切りと言うて、女房が葉を重ねて巻き、亭主が切るのを商売にする店が多かったそうでな。異なる産地の葉をうまく組み合わせ、その店独特の風味を出すような工夫もしているらしい」

天文《てんもん》年間（一五三二〜一五五五）には、十人あまりの刻み手を抱えた叶屋《かのう》という専門店が、神田鍋町《かんだなべちょう》にできている。担ぎ荷を六、七荷も出して、江戸中を売り広めたとのことだ。

「阿波《あわ》国の池田《いけだ》で、莨刻みの機械が作られたのを存じておるか」

一亀の話は脈絡なく飛ぶことがあるので、ときどき戸惑ってしまう。

「いえ、初耳で」

「寛政《かんせい》十二年（一八〇〇）にできたらしいが、園瀬の莨は高級品ゆえ、気にすることはあるまい。機械刻みした莨は、猫の毛のごとく細くやわらかいそうだが」

「味に問題があるということですね」

「喫んだことはないが、油臭いのだそうだ。鉋《かんな》刻み機にかけるために、油を加えて固め、削り出すらしい」
五、六枚ずつ並べて刷毛《はけ》で菜種油を軽く散布し、その上に屑葉《くずは》を均一に散らして、さらに五、六枚を並べるという作業を繰り返す。それを轆轤《ろくろ》仕掛けの締め具に掛けて強く圧搾し、鉋で削れるほど固くする。これで味がよくなるとは思えない。
そのため屑葉なども加えて量産し、安価に売っているのだろう。

油の湿り気を取り除くため、快晴の日に干して乾燥させるそうだが、それでも油の臭気は抜けぬとのことである。

「腑に落ちた」からは次第に遠ざかって行くようで、讃岐は落ち着かなくなった。

「さて、話を少しもどさねばならぬ」と、そんな讃岐の気持を見透《みす》かしたように一亀が言った。「莨の栽培に関して二人の調べさせたことだけでも、おおいなる差異がある。葉莨は産地によってそれぞれに特徴があるので、多く品揃えするのが、江戸や京大坂で繁盛店となる条件の一つらしい。ところで、各地の銘葉が知られておるのは一体どういうことだ」

香味絶佳《こうみぜっか》と評判の水戸《みと》の雲井《くもい》刻み、女性が好む軽い味わいの越後《えちご》の大鹿《おおしか》刻みや、備前《びぜん》の山中《やまなか》刻みなどが知られている。中には、労働の激しい漁師が、濡れた手で摘まんでも火が点きやすい南部《なんぶ》刻み、などもある。

「向井震軒《むかいしんけん》の著《あらわ》した『煙草考』には、四方遍《あまね》く知る所の銘葉として、薩摩《さつま》の国分《こくぶ》、上野《こうずけ》の舘《たて》など九つの名が挙げられておる」一亀は一呼吸おいて続けた。「その他として十箇所が出た中に、残念ながら園瀬の名は出ておらぬ」

「その書はいつ上梓《じょうし》されたものでござるか」

「たしか宝永《ほうえい》年間の後期でなかったかな。正徳《しょうとく》にはなっておらなんだはずだ」

「でしたら、園瀬の名が挙がる訳がありません。知られるようになったのは、ここ二十年ほどですから」

「よくぞ気付いた。褒めてとらす」大袈裟《おおげさ》に言ってから、一亀は悪戯《いたずら》っぽい笑いを浮かべた。「では、園瀬莨がいかにして知られるようになったか。これはわからぬであろう」

完全にお手上げだったが、一亀の口からは思いもしない人物の名が出たので、讃岐はいささか驚かずにはいられなかった。

「功労者の名は古瀬作左衛門」

「作左衛門、ですか」

江戸留守居役の古瀬作左衛門は、讃岐、源太夫、藩校「千秋館」の責任者池田盤晴の、日向道場で学んだ相弟子だった。知恵者《ちえしゃ》として知られ、十六歳のとき跡取りのない江戸留守居役の古瀬家から、養子に請《こ》われたほどの英才である。

「園瀬莨が繊細《せんさい》で品があるのを知った古瀬は、吉原《よしわら》の人気花魁《おいらん》にねらいを定めた。そして足を運ぶたびに莨を贈ったのだ。吉原でも人気の花魁となると客筋もいい。要するに金満家ばかりだ。その知りあいもまた金満家である。そういう連中のあいだで、じわじわと評価が高まっていった。大名家、大身旗本、出入りの豪商などにもせっせと贈ったそうだ」

「作左衛門は知恵者ですが、世俗のこともわきまえていたのですな」

「難波藩邸の同役にも働きかけ、大坂の新町《しんまち》、京都の島原《しまばら》でもおなじことをやらせたそうだ。泣き泣き遊郭《くるわ》に足を運びましたが、仕事とは申せ辛《つろ》うござったと言っておったな。どこまでが本当であるやらわからん」

「それにしても目の付けどころがいい」

「感心しておる場合ではないぞ。莨の栽培に関しての答は出ておらんのだからな」

「一亀さまにおかれましては、出ておるとお見受けいたしましたが」

「栽培と加工のほかに、もう一つおおきな問題があると考えるしかない」

これは一亀からの問い掛けである。讃岐にはわかるか、と訊かれたもおなじだが、答は見出せなかった。

「風土だ。栽培法はいろいろあるし、加工はいかに乾燥し、細く刻めるかに尽きる。機械刻みは手刻みの敵ではない。となると、残るは風土しかないではないか。栽培地の差だ。土地だな。それと同程度の重みをもつのが水だ」

「水でございますか」

「米にしろ、酒にしろ、味を決めるのは水だと言われておる」

隣藩が莨に触手を伸ばそうとしたのは、園瀬莨が京大坂や江戸で評判を呼び、高値で取引されているのを知ったからだろう。

隣藩の領地の五分の一は、園瀬藩を流れる花房川の下流である。ということは、水質と土壌もおなじということだ。栽培に関する方法さえわかれば、園瀬に匹敵する莨を生産できるはずである。

「との考えで探りの人手を送りこんだのだろうが、であればなにも憂慮《ゆうりょ》することはない。なぜなら栽培法は一子相伝《いっしそうでん》だからな」

つまり一亀が言いたいことは、こういうことなのだ。

莨の栽培はやたらと手数がかかるが、種取りから播種、栽培、穫り入れ、乾燥、管理、それらのすべてを知っているのはその家《や》のあるじだけである。あるじが息子にのみ伝えていく。

小作人にも手伝わせるが、部分のみで、すべてを通してというわけではない。ゆえに、金を使って小作人から聞き出そうとしても、一部しか知ることはできない。何人もの小作人からこまめに訊こうとすれば、金と時間がやたらとかかる。ところが一亀と讃岐が調べさせたところ、一ヶ月か一ヶ月半で、その全作業のほとんどを調べてきた。

このことから考えられるのは、訊き出した者の能力を信じた場合、栽培農家ごとに方法が異なるということだ。

べつの見方もある。一子相伝で使用人にさえ全容を教えないあるじは、したたかだと考えねばならない。とすれば正直に打ちあける訳がないと考えたほうがよさそうだ。

場合によっては、両者はまったくおなじ栽培法を採りながら、ちがうことを教えたかもしれないのである。

「ということは、隣藩がいかに人と金と、さらに時間を使っても、栽培法について知ることはまずむりだということですな」

「やっとわかったか。力を注いで栽培法を知り得たとしても、絶対にわが藩には追い付けんのだ」

「絶対に、でございますか」

「なぜなら、隣藩には古瀬がおらんからな」

「万が一、古瀬に匹敵するほどの知恵者がおりましたら」

「作左衛門がいて売りこんだとしても、先に名を売った園瀬には勝てん」

「味が絶品だと自慢するが、園瀬の莨と変わらんではないか、と」

「後発は、先発をよほど陵駕《りようが》せぬかぎり、勝つことはできんのだ」

「とすれば、秘伝は死力を尽くして守らねばならんとの姿勢を見せながら、隣藩の者を泳がせ、金と時間を使わせる、ということですか」

「ようよう、わかったようであるな」

吟行の世話役である結城屋のご隠居惣兵衛が、時刻になったと呼びに来た。源太夫の軍鶏仲間でもある惣兵衛の俳号は写模《しやも》である。

その日の九日会は唖然たる結果となった。讃岐が天、一亀が地と、二人で上位を占めたのである。

だれもが信じられぬという顔をしていたが、目を白黒させたのは当の二人であった。莨について調べたことを教えたかったために、ほとんど書き殴《なぐ》っておいた作を投句したからだ。

好成績をあげたにもかかわらず、かれらは意気消沈した。二人だけになると思わず、

「下手《へた》の考え休みに似たり、とはこのことであったか」

「呻吟《しんぎん》して駄句にしていたのですな。感じたままをすなおに句にすれば、よかったということです」

「次からはすなおに書こうとしすぎて」

「結局は駄句にしてしまうのでしょうな」

だがこれに関しては、讃岐は源太夫には黙っていた。莨の栽培と加工には関係なかったからである。

「新八郎は喫わなんだか」

讃岐は銀煙管の雁首に、莨入れから出した刻みを詰めながら、道場時代の名で源太夫に訊いた。かれはかすかにうなずいた。

日向道場時代、師匠の主水《もんど》に言われたのである。

「剣の道を究めたければ、酒はほどほどにするがよい。莨には手を出すな」

「なぜでございますか」

「身を滅ぼした者を何人も見たからな。関係なきことはすべて消え、一番重要なことのみが見える。だれもがそう言うた。だが、多くが敗れ、傷付き、落命した」

「なぜですか」

「麻痺《まひ》、という言葉を知っておるか」

「痺《しび》れるということですね」

「そうだ。周りが痺れるので、一番大事なことのみが見えるような気がする。だがそれは錯覚《さっかく》で、痺れるときにはすべてが痺れる。一部が痺れて、見るべきことだけが見える、などということがある訳がないのは、自明ではないか」

だから源太夫は喫わない。

「喫わぬほうが良いことはわかっておるが」と言ったが、讃岐は浮かぬ顔であった。

「わしらは折衝《せっしょう》があるのでそうもいかんのだ。長いあいだ坐《すわ》っておると、間が持たないからな。それはともかく、新八郎の申した四つの雷のうちの一つ、莨を特産にしたいとねらう隣藩に関しては憂うことはなさそうだ」

「四つのうち一つ減っても、まだ三つ残っておる。それもおおきな雷ばかりだ」

讃岐は莨盆を引き寄せたが、少し考え、火を点《つ》けなかった。源太夫が喫わないので遠慮したのかもしれないが、莨がなくてはどうにもならぬというほど、習慣になってはいないのだろう。

軒端《のきばた》を掠《かす》めた影は蝙蝠《こうもり》であろうか。一瞬のことである。

四

「むむ、む」

思わず声に出しそうになって、源太夫はかろうじて言葉を呑みこんだ。

昼下がりと言うには遅く、夕暮には早い八ツ半（午後三時）すぎであった。

亀吉がちらりと見たが、権助は素知らぬ顔で、闘う若い軍鶏から目を離さなかった。風がないため、線香が真っ直ぐに薄青い煙を立ちのぼらせている。

亀吉が母屋からもどったのを機に、若鶏の味見（稽古試合）を始めたところであった。

八ツ（午後二時）から半刻（約一時間）ばかり、みつは「ちいさな学び舎《や》」と呼ぶ私設の寺子屋を続けていた。下女のサトと、権助の弟子になった亀吉に、読み書きや簡単な算法を教えているのである。

届け物をするとか先方の都合を訊きにやったとき、正確に伝え、相手の話した内容を復唱できぬようでは、使いは務まらない。また来客のおりには、ちゃんと取り継がなくてはならないからである。

「亀吉は覚えが早いですが、サトは納得しなければ次に進みません。寺子は二人だけなのに、気質がちがっていておもしろいですね」

最初は「いろは」から始めたが、今はそれぞれの進み具合に応じて教えていた。サトが習字する横で、亀吉は「往来物」を読んでいる。文を綴るための語句や文例を集めたものだが、手紙やあいさつの基本はすでに終えて、江戸の生活や行事を扱った『江戸往来《えどおうらい》』や、地理の教科書とも言える『東海道往来《とうかいどうおうらい》』に夢中になっているらしい。

サトには行儀作法だけでなく裁縫《さいほう》なども教え、亀吉は当分のあいだ、興味を持ったことを存分に学ばせたい、みつはそんなことを言っていた。

二枚の莚《むしろ》を縦に繋いだ闘鶏の土俵では、若鶏が盛んに跳びあがって、蹴爪や嘴で相手を攻めていた。

猩々茶と碁石《ごいし》の闘いだ。前者は赤褐色、後者は碁石をばら撒《ま》いたように白黒の羽毛が入り混じっている。

ともに名前はまだなかった。いや、よほど特徴がないかぎり、成鶏になっても名は付けぬ軍鶏のほうが多い。若鶏のころから名をもらったアカウマやカラス天狗は、例外中の例外であった。

碁石羽毛の猛者《もさ》が現れたら、天元《てんげん》と名付けるつもりでいるが、果たしてそんな日がくるだろうか。

――やはり盆踊りか。それしか考えられぬな。

天啓《てんけい》のように閃《ひらめ》き、うっかりと口にしそうになって、源太夫はあわてて呑みこんだのである。

事は重大だ。可能性は高いが、慎重に検討しなければならなかった。

「正願寺を覗いてくるとするか」

「和尚《おっ》さんの都合、訊いてきまひょうで」

すかさず言った亀吉を権助が窘《たしな》めた。

「和尚《おしょう》さまのご都合を、伺ってまいりましょうか、だろうが」

言われて亀吉はぺろりと舌を出した。

「行かずともよい。どちらかはおるだろう」

源太夫の弟子だった大村圭二郎が得度し、名を恵山と改めて恵海のもとで僧になる修行をしていた。

「こいつを見て」と、権助が白黒羽毛の若軍鶏を示した。「和尚の顔が見たくなりましたか」

住持の恵海が碁敵《ごがたき》なのを、おもしろがっているのだ。この老僕は、叱られぬぎりぎりのところで、主人をからかう癖《へき》があった。

その日はたまたま弟子の数が少なかったので、ちょうどよい機会である。

「よし、それまで」

時刻の目安にしている線香が燃え尽きたので、源太夫は味見を終えさせると、袴の膝を叩いて床几から立った。

石畳と白壁塀の続く寺町を抜けたさらにその先に、目指す正願寺はある。

山門を潜《くぐ》り、境内《けいだい》を庫裡《くり》に廻ろうとした源太夫は、ただならぬ気配に思わず立ち止まった。殺気ではないが、空気が異様なほど張り詰めて感じられたのだ。

足音を忍ばせて建物の角からそっと窺《うかが》うと、恵海と恵山が対峙《たいじ》していた。六尺ほどの棒を構え、恵山がじりじりと詰め寄って行く。

振りあげた棒が打ちおろされた。カンと金属音がして棒が撥《は》ね返され、恵海の叱責《しっせき》が飛んだ。

「それでは相手に動きを読まれてしまうではないか。仕掛けると感じさせることなく、仕掛けねば制することはできん」

「はい」

言葉と同時に激しい突きが咽喉《のど》をねらったが、恵海の足と腰は微動もせず、わずかに上体を捻るだけで躱した。そのときには引いた棒で、恵山は第二の突きを繰り出していた。

源太夫が驚いたのは、恵海の動きに一切のむだがなかったことであった。還暦《かんれき》をすぎているはずだが、矍鑠《かくしやく》として、とてもその齢《とし》には見えない。普段の温厚な老僧とは、別人としか思えなかった。

その後、二人は声を発することなく、動きを緩めずに四半刻（約三十分）も攻防を繰り拡げた。

「それまで」

「ありがとうございました」

恵山が深々と頭をさげた。

「待たせましたな」

言ってから、恵海は源太夫に先程までとは別人のような笑顔を向けた。最初から気付いていたらしい。

「いや、突然お邪魔したのはこちらで、失礼いたした」

「先生、お久しゅうございます」

「僧となる修行に励《はげ》んでおると思ったが、それだけではなかったか」

「本来の修行はやっておりますで、安心召され」と、恵海が代わりに返辞した。「僧と雖《いえど》も、身を守らねばならんことはありますでな。ただ、寺方に刃物は似あわぬゆえ、こんな物の援《たす》けを借りとります」

と恵海は棒を軽く持ちあげた。恵山が二人に頭をさげ、その場を去った。

「棒術は何流を学ばれました」

少し間を置き、恵海は悪戯っぽい笑みを浮かべた。

「敢《あ》えて申すなら、恵海我流ですかな」

「でっかい我流と聞こえましたぞ」

ふふふと、恵海は笑いを含ませた。

「夢想天《むそうてん》流、荒木《あらき》流、東軍棒一《とうぐんぼういち》流などを少し齧《かじ》りましたが、どれも拙僧にはあいませんでな。しょうことなしに我流でやっとるという次第で」

要するに、自分なりに極《きわ》めているということだろう。以前から武芸の心得はあると思っていたが、棒術だとは思っていなかったのである。

「失礼いたします」と、姿を見せた恵山が恵海に小声で言った。「あちらにご用意いたしましたので、お体を清めてください」

「ああ、左様か」とうなずいてから、恵海は源太夫に言った。「では、暫時《ざんじ》お待ちくだされ」

「わたくしも失礼を」

恵山は頭をさげると、師僧の恵海に従って姿を消した。

五

ほんのしばらくのち、本堂外周の広縁で、三人は思い思いに腰をおろしていた。

二人の師匠は胡坐《あぐら》だが、恵山は正座を崩さない。脚を組むのも修行と心得なさいと恵海に言われ、しかたなく胡坐になったが、いかにも居心地が悪そうであった。

縁側に置かれた蚊遣りの煙は揺れていない。風のない日であったが、夕刻になって完全に凪《な》いでしまったようだ。

「烏鷺《うろ》の争いをしたい訳ではないのに、なぜか一局囲みたくなった、というところではないかと愚考いたしておるが」

「和尚にはかないませんな」

「困ったことが起きたふうでもない。悩みを抱えておるようには見えぬし、相談事があるとも思えぬ」

「和尚の顔を見たくなった、というだけではいけませぬか」

「考えておることがおありのようだが、問題がおおきすぎるので、いっとき横に置き、頭の中を空にしたい。そのあとで改めて熟考するとしよう。それには生臭坊主と酒を飲みながら、囲碁を戦わせるのが一番だと、顔にはそう書かれておる」

「ご明察。もっとも下男にも読まれておりましたがな。岩倉源太夫、まだまだ未熟でござる」

「権助は元気なようですね」

横から恵山が控え目に訊ねた。

「亀吉が軍鶏の世話を手伝い始めたので、急にボケが来ぬかと心配しておったが、以前にも増して口は達者だ」

「権助と、それからみなさんによろしくお伝えください」

「今日、こちらに伺うよう仕向けたのも、圭二郎、ではなかった恵山が達者かどうか、たしかめてほしいとの気持からだろう」

「岩倉どの、どうかな。本日はわが弟子、そしてかつてのおぬしの弟子と、打ってみなさらぬか」

「これは魂消《たまげ》ました。碁まで教えておられるとは」

「手解《てほど》きをしただけでな。すぐに棒術も囲碁も追い抜かれましょう。岩倉どのに鍛《きた》えられただけあって、呑みこみが早うござる」

まんざら冗談《じょうだん》でもなさそうな口調なので、源太夫もついその気になってしまった。

碁笥《ごけ》を載せた碁盤を運ぶと、恵山が恵海に訊いた。

「何子《なんし》置かせていただけば、よろしいでしょう」

恵山の問いに恵海は即答した。

「おまえの先番でよかろう」

「とてもそれでは」

「いや、打てるはずだ。それに、師匠を負かすのが孝行、恩返しというものだぞ。師匠はそれが一番うれしいのだからな」

「これで、負けても恥をかかなくてすむ。気が楽になりましたよ。さすがに和尚は名僧知識、脱帽するしかありませんな」

冗談はそれっきりで、碁笥を盤側に移して両者が頭をさげると、ほどなく盤上以外は視野から消えた。

そっと立った恵海が徳利と湯呑みを持ってもどったが、かつての師弟は気付かずに打ち続けた。恵海は独酌で始め、勝負に決着がつくまで二人は、恵海がいることを忘れていたのである。

「これはまた、なんということであるか」

並べ終えた源太夫は思わず呻《うめ》いた。持碁《じご》、つまり盤面で同数であった。コミのない時代なので勝負なしだが、先番が六、七目は有利とされている。実質的には白の勝ちで、源太夫はなんとか面目《めんぼく》を保つことができたのである。

「酒の匂いだ」

源太夫が声をあげた。

「岩倉どのが酒に気付かなかったとは、まさに驚きであるな。恵山よ、師匠孝行ができたではないか」

恵山は微笑すると、源太夫と恵海の湯呑みになみなみと、そして自分には気持だけという程度に注いだ。

「いかなる酒が美味かと申して、対局を終えたあとに勝るものはござらん」

源太夫のつぶやきに恵海がうなずいた。

「それも好一番のあとの酒は、まさに甘露《かんろ》じゃな」

「ところで、いつから」

習い始めたのかを知りたかったのである。

「棒は半年、碁は三月《みつき》」

謡《うた》うような調子で恵海が答えたので、源太夫は目を見開いた。

「棒はともかくとして、碁の三月はまことでござるか」

「岩倉どのと拙僧が打つのを、ときおり横で見ていただけで覚えたらしい。井目《せいもく》で始めたが、恵山が五手進めぬうちに崩し、四本柱でやりなおした」

井目は盤上に印《しる》された九つの星、つまり黒点に黒石を置いて対戦することを言う。置石一つで十目と看做《みな》されているので、白番は九十目の不利を背負って戦わねばならない。四本柱は四目の置き碁の別名である。

「あっと言う間もなく互先《たがいせん》じゃよ。恵山が末恐ろしいというより、わしがヘボということにすぎんがな」

「となると、お二人と打たねばならぬそれがしは、圧倒的に不利ですな」

「不利？　なぜに」

「和尚と恵山は毎夜のように対局して、腕をあげてゆく。たまにしか打たぬそれがしは」

「それに関しては憂うことはありませんぞ。棒も碁も、厳しい修行の息抜きに、ときたまやっておるだけなのでな」

「息抜きでこれほど強くなられては、こちらの立つ瀬がない」

しばらくは棒術と囲碁が話題になった。

普段より早い時刻に正願寺に来たが、いつの間にか暗くなっていた。そう言えばしばらくまえから、どこか遠くで盆踊りのお囃子が聞こえている。

「勇太《ゆうた》は道場に出るようになりましたか」

話が途切れたとき、恵山がさり気なく源太夫に訊いた。いつ訊こうかと、迷っていたのかもしれなかった。

「ようよう立ちなおったので、あるいはと思うておったが、きつい灸《きゅう》を据えたようだな」

藤村《ふじむら》勇太は岩倉道場の門弟だが、めきめきと腕をあげる大村圭二郎に憧《あこが》れ、腰巾着《こしぎんちゃく》のように付きまとっていた若者だ。二歳下で弓組の次男坊である。

公金使いこみが発覚したため切腹したとされる圭二郎の父は、罪を着せられて上役に斬殺された冤罪《えんざい》だとわかった。道場に住みこんで源太夫に特訓を受けた圭二郎は、兄とともに見事に父の仇を討ち果たしている。

狂喜した勇太は飛び跳ねて、わがことのように喜んだものであった。

ところが圭二郎は、父とその仇の霊を弔《とむら》うのを理由に仏門に入った。正願寺の恵海に弟子入りし、名を恵山と改めたのである。

勇太の落胆ぶりは見ていられぬほど激しく、道場にもほとんど姿を見せなくなった。むりもないだろう。剣はおろか話し方や歩き方まで圭二郎のまねをして、まさに雛形《ひながた》だったのだから。

「わたしは勇太に、嘘を吐《つ》いてしまいました」

勇太はひそかに恵山を訪ねて来たが、心細いのでかれの傍《そば》に居たいだけなのがわかった。時間があれば話し相手にもなるが、恵山も修行の身なので常に付きあう訳にはいかない。

そのうちに勇太が、自分も仏門に入りたいとほのめかすようになった。それもおなじ正願寺に、である。

そうまでして傍に居たいという気持はいじらしいが、恵山もむりにたのんで弟子にしてもらったので、とてもたのめる状況ではない。そのため、なんとか思いとどまらせようとした。ところが勇太は、それ以外に考えられなくなってしまっていたのである。

ぐずぐずと言い募《つの》るので、このままでは捩《ね》じれたままの人間になってしまうと、逆に恵山が心配になった。もはや放置できないと恵山は思った。

「わたしは父と、父の仇の霊を弔うため僧になった」と、勇太の目を見詰めたままで恵山は言った。「だが理由はそれだけではない。勇太のためでもあったのだ」

思いもしなかった言葉に、勇太は唇を震わせるだけで、声にはならなかった。

「勇太はわたし、大村圭二郎しか見ておらなんだ。慕ってくれるのはありがたいが、いつまでもそのままでは、勇太が自分を見失うことになる。一時的なものだと見ていたが、ますます思いが強くなっていくのがわかった。わたしが僧になれば勇太も気付き、自分を取りもどせるだろうと思ったのだ」

勇太の衝撃の強さは十分にわかったが、恵山は続けた。

「わたしは哀《かな》しくてならない。勇太にはまるでわかってもらえず、相変わらず子供っぽいままだからな」

二人はじっと見つめあっていたが、不意に恵山の目から涙が溢《あふ》れて流れおちた。ほどなく勇太の目からも涙が流れた。

「わたしは、その場しのぎに嘘を吐いただけでなく、嘘の涙まで流してしまったのです」

「いや、それは嘘ではない。不意に溢れたなら、嘘泣きでもない」と、恵海が言った。「方便《ほうべん》だ。相手のことを考えぬ嘘は、ただの嘘である。しかし相手のことを思って吐く嘘は、嘘にはならん」

「圭、……恵山のおかげで勇太は立ちなおったぞ。道場を開くまえに来て、床を拭き清めておるからな」

「技を磨くまえに心を磨け。心を磨くまえに床を磨け、ですね」

硬かった恵山の表情が、ゆっくりとやわらいでいく。

楽しい酒、気持よく酔える酒であった。

「問題がおおきすぎるので、いっとき横に置き、頭の中を空にしたい」と恵海は看破したが、源太夫はまさに空にできたのである。

二人の見送りを受け、ほろ酔い気分で寺町の石畳に差し掛かったとき、源太夫は頭を痛打されたような気がした。

――やはり盆踊りだ。それしかない。

それはもはや閃きではなく確信であった。

「讃岐に逢わねば」――

思わず声に出したとき、城山の裏手で狼《おおかみ》の遠吠えが聞こえた。源太夫はなぜか、寺町を抜けていて狼の声を聞くことが多かった。

――一匹狼か。

いつもはひと声なのに、なぜかその夜は、狼がもうひと吠えしたのである。

六

硬い破裂音が、卯月（四月）のときより強く聞こえた。堀江丁の源太夫の屋敷からは、真南に当たる前山の上空に白煙が見えたが、ゆっくりと消えていった。前山は高橋より上流にあるので、前回よりはおおきく響いた。

権助と亀吉に軍鶏の世話を続けるよう目顔で命じ、源太夫は母屋に入った。みつが出した野袴と羽織を着用し、大小を腰に手挟むと、襷《たすき》と鉢金付きの鉢巻が手渡された。

サトが用意した草鞋を履《は》いて、源太夫は庭に出た。

このまえよりは半刻（約一時間）ほど遅いので、権助と亀吉は、餌を喰い終えた軍鶏たちを、唐丸籠に入れて庭に出しているところであった。

朝陽を受けて、頸の蓑毛が金属光沢《こうたく》の輝きを放った。

「わたしも参ります」

道場から出て来た師範代の東野弥一兵衛が、やや硬い声で言った。その日は非番なので、六ツ（六時）すぎから指導していたのである。

「ごいっしょさせてください」「わたしも」などと、背後で弟子たちが口々に言う。

才二郎から名を改めた弥一兵衛が稽古をつける日を知っているので、普段より多い弟子が姿を見せていた。江戸から美人の妻を連れもどった若い師範代は、弟子たちの憧れの的だったのである。

「いいから、稽古を続けろ。気持の準備だけはしておけ。では、まかせたぞ」

最後は弥一兵衛に言って、源太夫は足早に門を出た。

常夜灯の辻を経由すると遠廻りになるので、組士たちの屋敷の横を抜け、田圃の中の畦道《あぜみち》を南に向かった。前回とは明らかに事情がちがう。

おなじ思いの藩士たちが何人か、やはり畑中の道を堤防に向かっている。

――どういうことだ。やはりお盆に関係があるのか。

ますますその可能性が高まった気がした。今日は水無月（六月）の十二日、盆踊りの宵日まで残すところ一月《ひとつき》である。

最初の雷が三月まえ、そして今日が一月まえ、ときた。次はお盆、ということでなければいいのだが。

堤防をのぼって反対側におりると、河岸の段丘となり、花茨《はないばら》や小笹の群落が続く。それが途切れると、その先は河原で、瀬音が急におおきくなった。

浅い瀬に架けられた流れ橋を渡って斜面を登ると、街道にぶつかる。西に向かえば袋井村や雁金村があるが、源太夫は下流に道を取った。

足音が追って来る。振り返ると町奉行所の同心、相田順一郎であった。この男は自分の為すべきことを、常にわきまえていた。

駆けて来たために、顔や首筋に汗が玉になって、滴り落ちている。領民が不安になるため、緊急時以外に武士は駆けてはならない決まりであった。

「これで、試し打ちでなかったことがわかりましたが」

息を弾ませて相田はそう言った。先だっての重職たちの判断を含め、なにかと煩《わずら》わしいことになりそうだと言いたいのだろう。

ほぼ正三角形をした前山への、登り口に着いた。

「おれは見張っていよう」

「助かります」

相田はそう言うと、軽く会釈《えしやく》して急な斜面を登って行った。

蹄の音が急に聞こえ始めたので下流に目をやると、馬が高橋に差し掛かったので乾いた高い音になったのがわかった。そのあとから、家士や中間らしき男たちが駆けてくる。すぐに音が弱くなり、姿も見えなくなった。街道へ出たのだ。

べつの蹄音は、堤防を行く槍の組士を引き連れた物頭の馬であった。決まりどおり、高橋の番所に駆け付けているのでる。

北の番所と三箇所の流れ橋にも、固めの組士たちが向かっているはずであった。常夜灯の辻には、このまえよりずっと多くが集まっていることだろう。

蹄が急激に近付いて来たが、乗っているのは町奉行所手代《てだい》の反町《そりまち》照右衛門《しようえもん》であった。

「雷は前山でのものにまちがいなかろうな」

「と思われる。相田が調べているので、それがしは見張りを」

「恐れ入る」

下馬した反町は、ようやく追い付いた馬の口取《くちと》りに手綱《たづな》を渡すと、相田のあとを追って斜面を登って行った。中間が従う。

藩士が何人かやって来た。

「町方が調べておるので、まかせたほうがよかろう。手代の反町どのも向かわれた」

「狂言でなかったとすると、どういうことになるのだ」

源太夫はそれには答えなかった。いずれにせよ、騒々しくなるのが目に見えている。

相田は念入りに調べたようだが、卯月のときとおなじで曲者《くせもの》はなんらの痕跡《こんせき》も残していなかった。不審者を目撃した者もなければ、高橋、北の番所、三箇所の流れ橋、イロハ峠、般若峠、胸八峠にも異状はない。

二の付く日は評定日なので、二の丸に重職が集められた。大評定ではなかったが、事情が事情だけに非番の家老、中老、番頭《ばんがしら》、物頭、寺社、町、勘定の三奉行も出席した。

時間を作れぬほどあわただしいだろうと、源太夫は讃岐に逢うのを先に延ばし、道場にもどって弟子たちに稽古を付けた。

午後の指導は一刻（約二時間）ほどで切りあげ、あとは弟子たちの自主的練習にまかせた。みつの「ちいさな学び舎」からもどった亀吉に、鶏合わせや味見をやらせ、軍鶏たちの調子を見ることにした。

気が付くと、いつの間にか権助が手伝いに廻っていたのである。いい状態で切り替えができたようだ。

軍鶏の闘いを見ながら源太夫は考え続けたが、思いは強まるばかりであった。

七ツ半（午後五時）ごろ讃岐から使いが来た。屋敷からではなく城からである。二の丸での評定が長引いているらしい。五ツ（午後八時）には下城できるはずなので、その時刻に屋敷に来られるかとの打診《だしん》であった。

承知したと伝え、使いを帰した。

鶏小屋では、亀吉が軍鶏の餌を餌箱に落としている。

朝は多めに、夕べはその半分から三分の一ぐらいだが、鶏合わせがあるときには、開始の時刻によって量や内容を変えなければならなかった。また、出血が多ければ刻んだホウレン草を混ぜ、卵を産ませる牝鶏には牡蠣《かき》や蜆《しじみ》の殻《から》を砕《くだ》いて加えるなど、常に気を配らねばならない。

権助がなにも言わなくなったのは、亀吉がすっかり頭に入れて、過不足なくこなしているからだろう。

餌と水を与え終わった亀吉が鶏小屋のまえでしゃがみこんで、身動《みじろ》ぎもせずに見ている。カラス天狗の小屋であった。そう言えば最近は時間さえあれば、カラス天狗の小屋や唐丸籠をじっと見ていることが多い。

「よほどそやつが気に入ったようであるな」

「師匠に言われましたので」

軍鶏のことを知りたかったら、いろいろ見比べるよりも、どれか一羽だけを見続けるといいと権助に言われたらしい。

「どうせなら強いのがええ、と」

その攻め方、攻撃の躱し方、技の組みあわせ、またおなじ手を喰うか、喰わぬ工夫をしているか、などを注意していれば、強い軍鶏がなぜ強く、弱い軍鶏がなぜ弱いかが、わかるようになる。そう言われたそうである。

さすがはわが下男だ。権助を師匠と仰ぐ亀吉は、さぞかし、いい軍鶏飼いになることだろう。

七

「話があるので、朝一番で都合を訊きにやらせようとしたら、あの騒ぎになったのでな」

讃岐が呼んだ理由はわかっていたが、あいさつが終わるなり源太夫は切り出した。

屋敷を訪《おとな》うと、東野弥一兵衛も呼ばれていた。朝は岩倉道場で指導していたが、そのときにはなにも言っていなかったので、評定の時点で呼ぶことに決めたのだろう。

力になってもらわねばならなくなるが、東野もある程度のことはわかっている、と讃岐は言ったのである。

「朝一番？　急を要するか重大かの、どちらかだな。あるいは両方か」

「お盆が危ない」

一瞬にして讃岐は顔を歪《ゆが》めたが、まさに驚愕《きょうがく》したのがわかった。

「一亀さまと話したのか。いや、そんなはずはないな」

言ったことを直《ただ》ちに否定するなど、讃岐らしくない。狼狽《うろた》え振りを恥じたのだろう、中老はちいさな声で言った。

「続けてくれ」

「乾坤斎無庵と幻庵の師弟は、恐らく探りを入れにきたのだろう。江戸の椿道場での相弟子だったことを利用して、当方の虚を衝いてきた」

軍記読みとして聴き手の理解を深めるため、各地で口演するたびに、なるべく城郭の縄張りなどを調べていると、あっけらかんと打ち明けたのである。「園瀬三万六千石、その実五万石、あるいは六万石」などと言って驚かせたが、なにかを探っている者が、たとえ不注意であろうと漏らす訳がないと信じさせるねらいが、あったにちがいない。

袋井村の開墾《かいこん》にしても、水をむだなく循環《じゅんかん》させる水路のめぐらせ方や、本草学者、地質と土壌《どじょう》の学者を総動員して、土壌そのものを作り変えている、などということまで知っていた。

「そこで雷だがな。あれはやはり張り手で、園瀬がいかなる反応をするかを見ようとした、と考えるしかない」

弟子の幻庵が公儀隠密で、無庵を手先として使っていたことを見破った源太夫は、讃岐と相談して先手を打ったのである。

カネヤの戌亥の世話でおこなった五日連続の口演が大当たりし、袋井村での興行も決まった。思いもかけぬ大金が入ったので、その配分をめぐって仲間割れした。相討ちになって二人とも死んだことにし、闇から闇に葬った、というあれである。

見破られただけでも御公儀にとって驚きと思われるのに、もっともらしき理由をつけて素早く処分してしまったのだ。

「園瀬の守備能力がいかほどのものか、いかなる対応をするかを見るために、打ちあげたというのだな」

「探るのであれば、なるべく慎重に、気付かれぬように動くのが常道だ」

最初はそうしたのである。

俳諧師を名乗る松居笙生が東雲に泊まったのは、乾坤斎の師弟を殺害してほぼ一年後であった。ほとぼりが冷めるのを待っていたとしか思えない。そしてあるじの与平から、如月十八日には初代藩主の園瀬入りを記念して遊山をおこない、雷を打ちあげることを聞き出している。絶好の材料だと跳び付き、それを使うことにしたのだろう。

「まんまと嵌《は》まったという訳か」

そう言って讃岐は腕組みをし、目を閉じてしまった。だがすぐに見開いた。

「緊急時の固めは、もう少しもたつくと見ていたが、考えていたより迅速におこなわれたので安堵した」

まず物頭に率いられて、槍、弓、鉄砲の順に常夜灯の辻に集まり、高橋、北の番所、三つの流れ橋の固めに散っている。

この順になることは予想通りであった。

徒歩《かち》の組屋敷は武家地の周縁部にあり、一部は町家と混在していた。緊急時、組士は城のもっとも近い櫓《やぐら》に走る。

渡り櫓の武者走りは板敷の広い廊下で、左右の壁には槍や木刀、赤樫《あかがし》の棒などがびっしりと掛けられている。槍組が一番早く駆け付けたのはそのためだ。

弓矢は櫓に保管されている。櫓は見張りのためのもので、攻撃の拠点でもあるが、矢倉とも書くように武器庫であった。槍組よりわずかに遅れたのはそのためだ。

鉄砲は鍵付きで厳重に保管され、火薬と火縄もあるので、どうしても時間を取られる。それにしては早い到着であった。

雷を打ちあげた者は、物頭に率いられた組士が槍、弓、鉄砲の順に駆け付け、高橋、北の番所、三つの流れ橋に走り、残りが常夜灯の辻を固めたことを、見届けたはずである。

「そこで出した答が今朝の雷打ちあげだ」

源太夫の言葉に納得したのだろう、讃岐と弥一兵衛はうなずいた。

初代藩主九頭目至隆が城に入るまえに登り、城下造りと治水の案を練った。そのおり、蛇ヶ谷の主だとされる大蛇《おろち》が現れたので、これを瑞兆《ずいちょう》だと喜んだ至隆は、自ら器に酒を注いで飲ませた。以後、蛇を殺すことは厳禁となった。もっとも作物に害を与えるネズミなどを捕食する蛇を、百姓が殺すことはない。
ただしマムシは例外であった。なぜなら人畜を咬《か》めば、死に至らしめることがあったからだ。また皮を剝《は》いでよく乾かし、布に包んで木槌《きづち》で叩いて粉にすると薬になる。あるいは生きたまま焼酎漬けにして精力剤として売り、生計を立てている者もいた。

園瀬の住人にとっては聖地と言っていい前山で、雷が打ちあげられた衝撃は、高橋に比べると何層倍もおおきい。

「園瀬と聞いて、だれもが思い浮かべるのが盆踊りだ」

讃岐だけでなく、弥一兵衛も源太夫の言わんとしたことがわかったらしい。顔が強張るのが見て取れた。

「ぶち壊しになるとおおきな痛手となるな」

「昨夜、そのように思い至って、弥一郎と善後策を練らねばと思った矢先に今朝の雷だ。今日は十二日。盆踊りの宵日の一ヶ月まえになる」

盆踊りは園瀬藩にとって最大の年中行事で、藩を象徴する出来事である。見物客の落とす金で潤う者も多い。それは結果であって、領民が一致団結して大堤防を築いたことが、園瀬藩を作りあげたとの意識にこそ意味があった。水害の心配のない広大で肥沃な水田を得られたが、それは自分たちの力で得た土地だとの思いが極めて強いのである。

褒美として与えられた盆の無礼講は、五年に及ぶ労苦からの解放であり、ゆえに歓喜となって見る者に強烈な開放感と感動を与えることができる。やがて園瀬の盆踊りとして知られるようになったが、領民にとってはそれがさらなる誇りとなったのだ。

だからこれを妨害することは、領民の拠りどころを破壊することを意味した。ゆえに打撃は極めておおきいが、その気になれば簡単に壊せてしまうのである。なぜならほとんど無防備であり、見物客は基本的に受け入れるので、紛れて簡単に潜入できるからだ。

庶民だけに開放されているので、武家はひっそりとすごしている。実際には中間などが警備しているが、かれらは武士ではない。武家の奉公人で、多くが百姓の二、三男坊や、仕事にあぶれた者たちであった。

ほとんどが武芸の心得はない。問題が起きても、自分たちでは処理できないのである。対象が庶民であれば町奉行所に、武士であればもっとも近い目付の屋敷に報告する、それだけの役目であった。

「となると、丸裸の嬰児《あかご》のごときものであるな」

讃岐の言葉に弥一兵衛が切迫した声を出した。

「一月しかありませんが、なにができるでしょう。なにからすべきでしょう」

「まず、ねらわれるとしたら何日か、ということになるが」

源太夫にも答は出ていなかった。ねらわれるなら、宵日か初日、でなければ楽日だろうと見当は付けている。それは、御公儀がなにを企んでいるかによって決まるはずだ。

ただぶち壊すだけなら、いつでもいい。

庶民の楽しみであり、見物客も多い盆踊りであれば、その楽しみまで奪うのは酷《むご》いと考えるかどうか、だ。であれば、だれもが楽しみ、旅籠や土産物店が一応の利益を得た最終日となる可能性が高い。潰すのだけがねらいなら、宵日か初日となるだろう。

「ねらわれるのは五ツ（午後八時）から五ツ半（午後九時）の可能性が高い。一番人出が多い時刻なので、混乱もおおきくなるからな」

最終日だけは深夜まで騒ぐが、いつもは四ツ（午後十時）には見物人が減り始め、九ツ（午後十二時）にはほぼ終わる。

八

「よろしいですか」と、弥一兵衛がどちらにともなく訊いた。

「武家にはご法度《はっと》ですが、それは藩士と陪臣、そして家族に対してだけでしょうか」

「他藩の武家は許されるのか、と言うことだな」と、讃岐は言った。「禁じておる」

「江戸御留守居役や江戸の御家老を通じて、大名家から捩じ込まれた場合などは、どうなるのでしょう」

「初代藩主の決めたことだ。例外は設けられない」

裕福な商人や一部の文人のあいだで評判になっていた園瀬の盆踊りが、一般にも知られるようになったのは、世の中が安定して文化が花開いた元禄《げんろく》年間（一六八八〜一七〇四）になってからだ。そのころ、ある大名家の江戸御留守居役を通じて問いあわせがあった。出府中だった藩主、江戸家老と留守居役の三人で鳩首会議をおこなったのである。さまざまな意見が出たそうだ。

相手は好奇心が強いと言うか、野次馬根性旺盛《おうせい》な大名であったが、園瀬側は返答に窮《きゅう》した。一度認めてしまうと、以後はどんな事情であろうと断れなくなるからだ。

もしも受け容《い》れるとすれば、先方の格によって待遇を変えねばならないし、陸路だけでなく難波からの船旅もある。警備に手が廻らないというのを理由にしても、当方でおこなうと相手側に言われれば、それ以上突っぱねる訳にいかない。

さらには遠隔地の場合とか、藩主の年齢などもあった。暑い盛りなので病気にでもなられては、以後の付きあいに支障を来《きた》してしまう。

また、なにかの問題が生じた場合、御公儀に睨まれかねないのである。

まさか大名家に対して、庶民だけに認められた楽しみなので、無粋《ぶすい》なことはできませんから、などとは言えない。

「初代藩主の決めたことなので、お招きしたいのは重々だが、こればかりはご期待に副《そ》えませぬと、断ることにしたとの経緯《いきさつ》がある」

「で、相手の御大名は納得されましたか」

弥一兵衛はますます興味を示した。

「ならばこういたそうと代案を出してきた」

国許か江戸藩邸を、踊り手と鳴り物の一座が訪れ、殿さまに踊りをお見せする。これなら問題なかろう、と言うのである。踊るでも見るでもない、踊る側が勝手に披露するだけだから、なんら問題はありますまい、と相手はにやりと笑ったそうである。

「曲解と言うか詐術《さじゅつ》と言うか」と、源太夫はいささか呆れてしまった。「いかにも、江戸御留守居役とやらの捏《こ》ねそうな理屈だ」

「なんと言われようと、受けることはできない」

「で、相手は納得しましたか」

弥一兵衛は先刻とほとんどおなじ質問をした。

「納得する訳がなかろう」

しかし、いくらどう粘られようと、こればかりは受けることはできないのである。

「なにとぞ、ご理解を賜《たまわ》りたく」と、繰り返すしかない。

突然、相手は黙ってしまった。これは不気味である。ひと言も喋ろうとしない。眉間《みけん》に皺を寄せて黙りこくり、ゆっくりとおおきな溜息をつく。空咳《からせき》をする。

なにを考えているのかは不明だが、指を折り始める。すべての指を折り尽くすと、今度は開いてゆく。開き終わると、おおきな溜息をつき、何度も首を振る。

唐突に相手が声を発した。跳びあがりそうになったほどの大声である。

「まっことお見事。武士《もののふ》の鑑《かがみ》と申すしかありませぬな」笑顔だが目は笑っていない。

「ひたすら主君に尽くし、藩を思い、無私の心で臨む。武士はかくありたきもの」

そして、芝居がかった呵々《かか》大笑をした。

「よっく、わかり申した」

急に不安になる。そのままで終わる訳がないからだ。

案の定であった。

「藩とか役目のことはきれいさっぱり忘れ、貴殿個人の裁量で、知己《ちき》として踊り手たちをお連れいただく、ということであれば、聊《いささ》かの問題もありはしますまい」と強引に押してくる。「踊り手や囃し方には、十分なお礼を致す所存です。労を執《と》られた貴殿には、申すまでもありませんが」

いかに迫られても受ける訳にいかない。

「断った。きっぱりとではなく、婉曲《えんきょく》に。初代藩主が定めたことゆえ、これぱかりはなんと言われようと、を金科玉条《きんかぎょくじょう》にな。江戸留守居役によると、折衝の要諦は絶対に例外を作らぬこと、だそうだ」

ところが、武家は踊ることはおろか見ることも許されないと断っても、毎年のようにいずれかの藩の御留守居役が、声を掛けてくるらしい。だが情勢が変わった。

「ここ数年は、絶好の理由ができたので楽だと、作左衛門が笑っておった」

讃岐は古い道場仲間の江戸御留守居役を呼び捨てにした。参勤交代で藩主に随行《ずいこう》したかれに、古瀬作左衛門が言ったそうである。

「なにしろ、庶民に混じって踊っていた御家老が、裁許奉行に格下げされたという事実があるからな。藩主家に連なる家老職でも、役をさげられ家禄を半減された。当藩に取っては遵守《じゅんしゅ》せねばならぬ決まりゆえぜひご理解を、のひと言で相手も諦めざるを得ない」

さしもの江戸留守居役が折れたのは、結局は藩主を納得させられる口実さえあればいい、ということなのだろう。

「話が出たから言うのではないが、一亀さまと話したのか、と訊いたのは」

「ああ、あれか」

言ったものの讃岐は黙ってしまった。

「お盆が危ない、おれがそう言ったときの弥一郎の驚きようは、これまでに見たことのないものだ」

弥一郎という道場時代の名で讃岐を、つい呼んでしまう。なにか言いそうになったが、そのまま口を噤《つぐ》んでしまった。

源太夫は急かすことなく黙って待つ。

ややあって、讃岐は重い口を開いた。

「評定のことから話さねばならんが、簡略にすまそう」

御公儀の潜入がすでにあったことは、伏せたままであった。

知っているのは、讃岐と一亀、側用人の的場彦之丞と藩主九頭目隆頼だけである。筆頭家老の新野平左衛門には、現在調査中だが御公儀の探りの手が入った可能性があるとしか、伝えていない。

重職以外では源太夫と、讃岐の家士から藩士となって間もない、才二郎改め東野弥一兵衛だけであった。

二度の雷が御公儀による可能性が濃厚だということは、ほとんどの重職は知らない。しかし、評定の席で明らかにする訳にもいかなかった。緊急事態なので、非番の重職も参集していたからである。べつに信じていない訳ではないが、どのような形で漏れないともかぎらない。

「それでは話が進まず、空廻りするばかりではないのか」

「まさにそのとおり」

事実は知らなくても、二度にわたる雷の打ちあげが関連しているだろうことは、だれにでもわかることである。さらには、四人の高橋の番人を、狂言を理由に「慎み」処分にしたことが、なんの根拠もなくおこなわれたことが明らかになった。

だれが、あるいはどこが仕掛けてきたかがわからぬかぎり、なにが目的かの見当の着けようもない。紛糾《ふんきゅう》するばかりで、答の得られる道理があろうはずがないのは自明だ。

「あとは堂々巡りだな」

「ま、そういうことだ」

源太夫に指摘されて讃岐は不機嫌に言った。

「であれば、次に進んでもらいたい」

「いくら議論しても埒《らち》が明かぬ。再度調べなおし、改めて集まることになった」

すでに陽が落ち、疲れだけが残った。下城した者もいれば、話を蒸し返している者もいるし、人を呼び付けて指示する者もいた。

そのとき一亀から声がかかったのである。

「ゆっくりと莨も喫めなんだな。どうだ、いっしょに燻《くゆ》らさんか」

児小姓《こごしょう》に莨盆を持って来させて、休憩《きゅうけい》用の控室に入った。襖《ふすま》を開け放ったのは、単なる休息で、秘密の話ではないとの意味である。

二人は好みの刻み葉莨を雁首に詰めて火を点け、ゆっくりと喫い、鼻から紫煙を吐き出した。

「お盆が危ない」

人影がなくなるとポツリと一亀が漏らした。その後も、つぶやくように一亀は言葉を綴った。飛び飛びに語ったのを順に並べると、次のようになる。

「まるっきり無防備である」

「来る者は拒《こば》まぬので、侵入が自由である」

「武家は屋敷を出ぬ」

「人頭《じんとう》が通常の五割増し以上となる」

「人が集まるのは夜間である」

そして最後に言った。

「策を講じておかねばならぬな。あと一月しかない」

言い残して一亀は立ち、ゆっくりと歩き去ったのである。

「お盆が危ないと、おれとおなじことを申されたのだな、一亀さまが」

それには源太夫も驚かされた。

「新八郎は」と、讃岐も道場時代の名で呼んだ。「これまで起きたことを繋ぎあわせ、お盆が危ないと結論した。一亀さまもおなじ結論に達した。これは、どう考えてもただごとではなかろう。しかも一亀さまには」

讃岐が言葉を切ったのは、かつてかれが話したことのある、藩主家には直属の忍びの者がいるのかも知れない、との発言を踏まえてのものだろう。弥一兵衛がいるので曖昧にしたにちがいない。

「となると、相田の力を借りる必要があるということになる」

源太夫がそう言うと讃岐はうなずいた。

「それに今度は、町奉行所本来の仕事でもあるからな。町方には一斉に動いてもらうことになる」

「才二郎、ではなかった、弥一兵衛にも合力してもらわねばならん」と、源太夫は讃岐を見た。「およそはわかっているとのことだが、すべてを話しておく必要がある」

「であればちょっと待て、酒を用意させるとしよう」

讃岐が家人に酒肴を命じるために手を叩こうとしたので、源太夫はそれを止め、訝《いぶか》る讃岐に言った。

「お盆が危ない」

「だから二人に来てもらったのではないか」

「おれが最初に思っていたよりも、摑みどころがないかもしれんし、大掛かりだという気がしてきた。事は重大だ。少数精鋭で処理せねばならんが、となるとぜひ仲間に加えたい男がいる。ここに呼んでもらいたい」

「だれだ、それは」

「当然、二人とも知っている男だが」

九

芦原家の家士に案内されて現れた男は、まだ若かったが落ち着いており、物静かで風格さえ感じさせた。

若くして中老に抜擢された、源太夫の弟子でもある柏崎数馬である。

「急な呼び立てですまぬ。御足労をかけた」

讃岐に言われて頭をさげたが、源太夫と弥一兵衛がいてもさほど表情を変えず、軽く目礼して腰をおろした。

讃岐に目顔で断って、源太夫が先に口を切った。

「先日、数馬の考えは正論ゆえ、おなじ思いの者はけっこういるはずだ、と申したな。もっとも信頼できる二人がこの両名だ」

讃岐が数馬に向きなおった。

「来てもろうたのは、二度にわたり打ちあげられた雷、つまり音だけの花火である煙火に関する件だ。御公儀隠密の仕業らしいこと、およびお盆がねらわれている可能性が高いことから、早急に対策を立てねばならん」

「まさか」

冷静沈着な数馬も、さすがに顔を強張らせた。

「実は御公儀隠密の潜入はすでにあった」

源太夫がそういうと、今度は弥一兵衛も驚きで目を見開いた。どうやら、讃岐もすべては教えていないようだ。

「軍記読みで講釈語りの師弟のことは、二人も存じておろう」

「すると」

数馬と弥一兵衛は顔を見あわせた。讃岐がちらりと見たので軽くうなずき、源太夫は乾坤斎無庵と幻庵の師弟が、岩倉道場にやって来たところから、順を踏んで話した。

幻庵こそ御公儀隠密で、師匠の無庵が手先として使われているのを見抜いた源太夫が、讃岐と相談して罠にかけたこと。大成功だった興行の、金の配分をめぐるいざこざが原因の同士討ちに見せかけて処分した経緯を、である。

ほぼ一年後に、松居笙生と名乗る俳諧師が旅籠「東雲」に泊まっている。松居はあるじの与平から、初代藩主園瀬入りの記念日に遊山がおこなわれ、その合図に雷が打ちあげられることを聞き出した。

卯月にあげられた高橋での雷は、それから思い付いたと思われる。

「あれは番人の試し打ちだと、聞いておりますが」

弥一兵衛の言葉に数馬も微《かす》かにうなずいたが、讃岐は首を振った。

「いろいろあって、狂言にするしかなかったのだ」

「芦原さまはご存じだったのでしょうか」

「ほぼまちがいないと思ってはいたが、絶対に御公儀だとは言い切れない。それ以前に、先の隠密の事実を、重職はもとより、ほとんどの者は知らないからな。知れば恐《きょう》慌《こう》に陥《おちい》るは必定《ひつじょう》だ。御公儀のことは迂闊に口にすることができん。静観するしかなかったのだ。ところが、である」と、間をおいてから讃岐は続けた。「お盆が危ないと、それも今日、一亀さまと岩倉から、べつべつに聞かされた。しかもその理由がほぼ合致していたのだ」

「次席家老の九頭目一亀さまが、ですね」

「園瀬に一亀さまは一人しかおられぬ。先の筆頭家老稲川八郎兵衛の不正を暴いたおり、その要《かなめ》となって力になってくださった方だ」

「すると今回も」

二人は同時に言ったが、言ったときにはわかっていたようである。自分たちもその一員として選ばれたことを知り、かれらの顔が輝いたのも、むりからぬことだろう。

続いて讃岐は、一亀と源太夫が羅列した、狙われる理由と弱点を再度確認した。

弥一兵衛と数馬は、事の重大さと、自分たちがつい今まで、まるで知りもしなかったことに、愕然《がくぜん》としたようであった。

「もちろん、杞憂《きゆう》に越したことはないが、たとえ一厘一毛たりとも起こり得るかもしれぬとなれば、全力をあげて阻止《そし》せねばならぬ。あらゆる手を尽くし、多大な努力を払って、それがすべてむだになったとしてもだ。むだをしたと悔やむより、害が起きなかったことを喜ばねばならん」

若い二人といっしょに、源太夫も何度もうなずいていた。讃岐の話し方とその内容は、実にわかりやすかった。

源太夫が道場を開いたおり、祝いに駆け付けた讃岐は言ったものである。「われわれは、自分の力が活かせる世界に進んだ。新八郎は剣、わしは言葉だ」と。かれはそれを思い出した。

その讃岐が続けた。

「日々汗を流して働いている者たち、百姓、職人、商人が、なんの憂いもなくすごせるようにすることこそ、われらの役目にほかならない」

「同感です」

「その意味からも、盆踊りが滞《とどこお》りなくおこなわれるよう全力を尽くさねばならんのだ」そこで言葉を切って、讃岐は源太夫に目を向けた。「これ以上は素面《しらふ》では喋れん。新八郎さんよ、先程止められたあれだが、そろそろ解禁してもらえぬかな」

「よかろう」

源太夫が答えると同時に讃岐は手を叩き、すぐに現れた家士に酒肴を命じた。

讃岐は二人の緊張を解《ほぐ》そうとして戯《おど》けたつもりだろうが、弥一兵衛と数馬の表情にはほとんど変化がみられない。あれこれと思いをめぐらせ、それどころではなかったのだろう。

「鵺《ぬえ》という怪獣は頭は猿、体は狸《たぬき》、尾は蛇、脚は虎、鳴き声はトラツグミだと言われているが、容易に思い描くことはできん。わしらが相手にしているのは、まるで鵺のようであるな」

却《かえ》って戸惑わせたようで、讃岐は苦笑するしかない。源太夫が助け舟を出した。

「弁慶《べんけい》でさえ泣き所はある。鵺にしても、ないことはあるまい」

そこに酒肴が運ばれた。

「わしの泣き所が来たわい」

讃岐がとぼけたので、硬さがいくらか解消したようである。

全員の湯飲みに酒が注がれ、それぞれが黙って口に運んだ。そっと含み、口の中で酒を転がすように味わう。

「手の施《ほどこ》しようがないと感じただろうが、諦めてはならない。どこかに取っ掛かりはあるはずだ」

「ところでお盆が危ないとの根拠は」

数馬が源太夫に問い掛けた。

盆踊りが領民の心の拠りどころとなっているからだが、源太夫はそれには触れず、きっぱりと言った。

「ない。敢えて言えば、勘だ」

「根拠としては、弱くありませんか」

「弱い。弱いが、と言って無視する訳にいかん。剣術遣いには獣のような勘が働くことがある。的《あた》ることもあれば外れることもあるが、それが勘というものの強みでもあり弱みでもある」

「いつか聞いたような気がします」

「であろう。しょっちゅうとは言わぬが、何度か口にしたはずだ。なぜなら、まさにそう思っているからな」

「では、問題点を挙げてみるか」と、讃岐が師弟の遣り取りに割りこんだ。「相手は外か内かだが、外の筆頭は御公儀、続いて隣藩、それ以外の藩、商売絡みなら京大坂や江戸の大商人。内は藩の不満分子、古い出来事に恨みを抱く者というところだ」

「次に雷だが」と、源太夫が続けた。「まず予告だな。予告しないほうが事を成すには容易だ。それを敢えてするには、どういう意味があるか。予告でないとすると目晦《めくら》ましだ。雷に気を取らせ、べつのことを企んでいることもあり得る」

そんなふうに、讃岐と源太夫は問題点を羅列していった。

侵入を食い止める手段はないし、あったとしてもその手を集めること自体が不可能だ。となると、侵入した者の中から見付け出すしかない。

盆踊りは夕刻から夜に掛けておこなわれるので、終わったあとで宿泊することになる。まず旅宿だが、旅籠、木賃《きちん》宿などが挙げられるだろう。ただ収容しきれないので、料亭や飲み屋なども泊めていた。商家では得意先を泊めるし、盆のあいだは一般の民家でも部屋を貸す。蚊に喰われるのを我慢すれば、野宿でも問題はない。

人頭が通常の五割もそれ以上も増えるというのに、その中からいかにして怪しい者を見つけ出せばいいというのか。

もっとも、混乱させるだけなら宿を取る必要はない。当日の日暮れにやって来て騒ぎを起こし、姿を晦ませればすむのである。

もちろん、それなりにやりようはあるのだが、讃岐も源太夫も触れなかった。弥一兵衛と数馬に対策を考えさせるためである。

「先程の外か内かについてですが」と、手を挙げたのは弥一兵衛であった。「あの手この手を使って、園瀬の盆踊りを見たいと捩じこんできた御大名の話が出ました。なんのかんのと理由を付けて断ったそうですが、それを恨んでの報復は考えられませんか」

「大名ともあろうものが、そのように子供じみたまねはすまい、と思うて外したのだ。しかし、あの大名ならやりかねんな。そのように、どのように些細《ささい》なことであろうと、考えてもらいたい」

「探索については、町奉行所を総動員して励んでもらう。ただし、わかっておろうが御公儀の件に関しては、口に緘《かん》してもらいたい。それから、この四人以外には断じて話すことのなきように」

讃岐の言葉が終わるのを待って、源太夫は言った。

「謎を解決しようとして、さらにおおきな謎に巻きこまれたような気になったのではないのか」と、源太夫は弥一兵衛と数馬に笑い掛けた。「謎は渦《うず》とおなじで、おおきいほど引きこむ力が強いのかもしれんな」

数日後に具体的な打ちあわせをすることを約して、その夜は解散した。

第三章　凪《なぎ》

一

毎年のことだが、盆踊りが近付くと園瀬の里では事件が少なくなる。いや、ほとんど起こらないと言ってもいい。とりわけ、強盗殺人のような血腥《ちなまぐさ》いものは、皆無《かいむ》と言ってもよかった。

それもやはり、盆踊りの稽古の陽気なお囃子のせいだろう。

なにしろ、身も心も浮き浮きしてしまう。「まあ、お盆が終わってから考えるとするかい」と、先延ばしにしてしまうのかもしれなかった。だれもが楽しみにしている園瀬の盆踊りを、ぶち壊しにしたくないとの気持が働くようだ。

では盆が終わると反動的に増えるかというと、そうでもなかった。お祭り騒ぎのあとの虚脱感か、あるいは延期しているうちに、殺伐《さつばつ》の気が霧消してしまうのかもしれない。もともと、それほどせっぱ詰まったとか、追いこまれていた訳ではなかったということだろう。

そうこうしているうちに、来年の盆踊りに対する思いが次第に育ち始める。

一年を廻していると言われる盆踊りのせいとも思えないが、園瀬では総じて他藩に比べ犯罪が少ない。気候は温暖だし、大堤防のために花房川が氾濫する恐れもなくなった。冷害で農作物が被害を受けることも、ほとんどないのである。

住民は当たり前のことと受け止めているが、住むには園瀬ほど良い土地はないのかもしれない。

才二郎だったころの東野弥一兵衛が江戸から連れ帰った妻の園が、源太夫の妻のみつにしみじみと語ったことがある。

「園瀬は本当におだやかな里ですね、土地も人も」

「退屈すぎて江戸が恋しくなり、園さんが逃げ帰るのではないかと、ひそかに心配していたのですよ」

「江戸があわただしいのは、暮らす人の心に余裕がないからかもしれません。わたしはこちらに来てよかったと、しみじみ思っています」

「園さんが選んだ園瀬ですものね」

盆前に犯罪が少ないことは、町奉行所の面々にとっては好都合であった。藩外から訪れる見物客についての下調べを、徹底しておこなえたからである。

しかも今年は、二度にわたる雷の打ちあげがあった。万が一のことを考えて、念のためにとの理由があるので、不自然に思われることもない。

旅籠にはほとんどの客が、前年の盆踊りのあとで予約しているので、名前も住まいもわかっている。

新たな客と、常連客が知りあいを連れてくるとか、急に変更になった場合にのみ注意すればよかった。直前や当日にそれがわかることもあるだろうから、かならず届けることにさせている。

もっとも猫の手も借りたいほど繁忙だろうから、とても連絡する余裕はないと考え、直前から盆のあいだは、岡っ引や下っ引が日に二度、確認のために廻ることにした。

これは京大坂などの得意先を泊める商家だけでなく、小商人《こあきんど》や職人、百姓家に関しても徹底することにしたのである。弟子を何人も使っている職人の親方は、京大坂の仕事を受ける者も多いので、大店とおなじくらいの注意が必要であった。

寺社、特に寺は、同宗派の信者は可能なかぎり泊めることになる。町奉行から寺社奉行に断りを入れ、かならず身元を書かせ、町方が巡回してたしかめることにした。

直前から盆のあいだは、こちらも町方が廻るようにしてある。

前年までも、泊まり客に怪しげな人物がいたら届けるようにとは通達してあったが、さらに徹底させることにしたのだ。

「なんや知らんけんど、今年はやけに厳しいんやな」
など と訝る者がいない訳ではない。
「雷《らい》な、音だけの花火。あの騒ぎもあったしな。ほれに、こんだけ見物人が増えると
な、どんなやつが悪さするかわからんけんな。まあ言うたら、念には念を入れよっち
ゅうことじゃ」
これを聞いただけでは、話しているぬしが町奉行所の同心相田順一郎だとはわから
ないはずだ。
園瀬の俚語《さとことば》には「～な、～な、～な」とか、「～で、～で、～で」のように繰り返
す特徴があって、ことさらのどかに聞こえる。異郷の者には間延びして、まどろっこ
しく感じられることだろう。
世間話や、相手に警戒させない訊きこみのおり、同心や岡っ引は取り調べや命令の
ときとは、別人のような口調になった。だれもが使い分けていたのである。
おおよその道筋をつけると、そちらは同僚や岡っ引にまかせ、相田はほかの調べに
取り掛かることができた。
軍鶏飼いたちの鶏合わせも、お盆のころになるとひと休みする。

もともと軍鶏は暑さに弱い。真冬の凜《りん》とした立ち姿に比べ、夏場は精悍《せいかん》さが失われて見える。闘いで頸筋や胸前の羽毛が抜け落ち、肌が剝《む》き出しになった部分もあるから、なおさらなのかもしれない。

晩夏から秋にかけては換羽期になるので闘わせないし、牝鶏《めんどり》が卵を産んでも、矮鶏《ちゃぼ》に抱かせることはしなかった。生え換わる羽毛や翼などに養分を取られるので、骨格のしっかりした丈夫な雛にならないことがあるからだ。

若鶏に闘いの基本を覚えさせるのも盆前で終え、晩秋まではひと休みさせるのである。

母屋と道場に挟まれた庭では、その夏最後になるかもしれぬ鶏合わせがおこなわれていた。

客がいた。

呉服町の太物商「結城屋」のご隠居惣兵衛である。久し振りに軍鶏談義に花を咲かせた源太夫は、そのあとでカラス天狗を披露したのである。それも若鶏相手ではなく、成鶏との正式な鶏合わせであった。

ご隠居の顔が別人のようになり、その若軍鶏の闘い振りを、ほとんど瞬きもせずに見入っている。

鶏合わせを終え、権助と亀吉が二羽を分けた。それぞれを唐丸籠に入れても、惣兵衛はじっと、闘いの終わった土俵を見たままであった。

源太夫も話し掛けようとはしない。

二枚の莚を縦に繋いで丸めて立てた土俵を、亀吉が陽光に当てるために開いて乾し始めた。

闘いのあとの地面に羽毛が落ちているのを見ていた老爺が、おおきく溜息をついた。

「これで岩倉さまにご恩返しができました」

その言葉には、複雑な思いがこめられているのが感じられた。

「それにしても、いい胤《たね》を付けてくれたものだ。感謝の言葉もない」

「岩倉さまの牝鶏がよろしいので、鳥の血が活きたのでございますよ」

「三十年」

源太夫が言葉を切ったので、なにを言い出すのかと惣兵衛は続きを待った。

「江戸で初めて軍鶏を見て、かれこれ三十年になる。園瀬にもどって飼い始めてから、およそ二十五年か」

源太夫は目を閉じると、いつしか感慨に耽っていた。

惣兵衛は「失礼しますよ」と小声で断って、カラス天狗の唐丸籠のまえに移った。

老人自慢の漆黒の羽根をした烏が、源太夫の牝鶏に産ませた若鶏が気になってならないのだろう。あるいは物思いに耽る源太夫の気持を、察したのかもしれなかった。

まさか、これほど長く軍鶏を飼い続けることになるとは、源太夫は思ってもいなかったのである。

思えば、かれを軍鶏の虜にした旗本秋山勢右衛門の、「強い軍鶏は美しく、美しい軍鶏は強い」との言葉に、呪縛《じゅばく》され続けていたという気がする。

カラス天狗はまさに強くて美しい。

――あるいはこれ以上の軍鶏は、二度と得ることができぬかもしれんな。

目を開けると、惣兵衛は身動《みじろ》ぎもせず、若軍鶏に見入ったままだ。

床几から腰をあげた源太夫は、ゆっくりと歩いて、軍鶏仲間のご隠居の背後に立った。

「まだ名を教えておらなんだな。なんと名付けたとお思いか」

老人は小首を傾げた。

「烏の息子で、カラス天狗」

「カラス天狗、でございますか。烏の子でカラス天狗。……ところで何羽が孵《かえ》りましたですか」

「十羽すべてだ」

「で……」

言いかけて惣兵衛は口を噤んだが、意味するところはわかった。

「そうだ。ほかの九羽を見てもらおう」

惣兵衛の顔が輝いた。

雛のあいだは問題ないが、すぐに喧嘩を始めるので雄鶏は仕切りで分けてある。残りは雄が四羽に雌が五羽であった。

惣兵衛はていねいに見て廻った。

「気に入ったのがおれば、差しあげるとしよう」

「よろしいのですか」

「もちろん。鼎を付けてもらったお礼だ」

「どれでもでよろしいので」

「二言はありませんぞ」

老人はすかさず牝鶏の一羽を指さした。源太夫は声には出さずに、心の裡で「アッ」と叫んだ。

当然のように、雄鶏から選ぶと思っていたのである。どの雄鶏も見事な若軍鶏に育っていたが、カラス天狗と比べると、どうしても見劣《みおと》りするのを否《いな》めない。

それもあって、自然と牝鶏に目が移ったのだろう。

惣兵衛が示した若い牝鶏は、笹の葉の裏に似た青白色の羽毛が混じった銀笹であった。孵った牝鶏の中ではもっとも濃く母鶏の血を受け継いでいるので、カラス天狗とともに残そうと源太夫は思っていたのだ。

いまさら牝鶏はだめだとは言えない。それにしても、さすがに惣兵衛の軍鶏を見る目はたしかだ、と源太夫は改めて舌を巻いた。

かれは亀吉を呼ぶと、惣兵衛が指定した若い牝鶏を示した。

「ご隠居に差しあげることになったので、唐丸籠に移して運んでくれ。大八車を使うといい」

「わたしもまいりましょう」

権助が源太夫に告げると、亀吉が口を尖らせた。

「ひとりで平気《へえき》じゃ。権助はん、子供扱いせんといて」

生意気を言うでないと目は笑っているが、まじめな顔で権助は言った。

「惣兵衛さんの軍鶏を、見せてもらいたいのでな」

「亀吉、いいから権助も積んでってやれ」

「やれやれ、爺《じい》は荷物ですかい」

そんな遣り取りを、惣兵衛が満面に笑みを浮かべて見ている。ほほえましいと思っているのか、望みの牝鶏をもらえることになった満悦からなのかは、顔を見る限りわからなかった。

餌をやる時刻になったのでちょっとお待ちを、と老人に断り、権助は亀吉をうながした。

燕《つばめ》がしきりと宙返りしながら、羽虫の類を捕えていた。

——このまま何事もなければよいが。

軍鶏の一羽がゆっくりと伸びをして、翼をおおきく拡げると、何度か打ち振った。

二

源太夫にとっては久し振りの、武芸者の挑戦であった。三宅藤四郎《みやけとうしろう》と名乗った男の年齢は、二十代の後半であろうか。

馬庭念流の遣い手だと知らずに霜八川刻斎《しもやかわこくさい》を倒した直後は、よくこんな南国にと思うくらい、剣術遣いたちが挑んできたものであった。だが頻繁だったのは最初の一年ほどで、その後は次第に減っていた。

三宅は鳥飼唐輔以来となる。鳥飼は金色に輝く羽毛の軍鶏、黄金丸を連れて来た男だ。

相当に腕が立つと言っても、容易に仕官できる世の中ではなくなっていた。道場剣法ならともかく、山中に籠ったり瀧に打たれたりしながら修行する者は、めっきり減っているのかも知れなかった。

男を一瞥《いちべつ》して、いまどき珍しい武芸者かと驚き、興味が湧いたのも事実である。だがそれは、ほんの一瞬にすぎなかった。

唇が見えぬほど、顔中が無精髭《ぶしょうひげ》でおおわれていた。髭《くちひげ》、鬚《あごひげ》、髯《ほおひげ》が密生している。肌が見えるのは額、鼻、目の下の頰だけであった。その頰にも左右から髯が迫って、見える部分はほんのわずかである。

月代《さかやき》は剃《そ》っていない。髷《まげ》は、最近ではほとんど見なくなった茶筅《ちゃせん》髷であった。紐《ひも》で無造作に、ぐるぐる巻きに縛りあげている。

縞《しま》目もわからぬよれよれの単衣《ひとえ》に、折り目の消えた袴という出で立ちだ。道場に入って来ただけで、汗と垢《あか》の混じった饐《す》えた臭いが漂った。

いかにも武者修行中の、剣以外は眼中にないという印象である。

が、見かけ倒しであった。

ひと目で腕のほどが知れたので、源太夫は弟子の一人に相手をさせようと考えたのである。すると、三宅は激怒のあまり顔を真っ赤にした。

怒り狂って呶鳴《どな》り散らすのだが、訛《なま》りがひどくてなにを言っているのかわからない。何度も問い返し、言いなおしてもらったが、それが怒りに火と油を注ぐ結果になったようだ。

次のことを理解するまでに、かなりの時間が掛かってしまった。

奥州《おうしゅう》のさる藩の出だが、相手になる者がいなくなったので、江戸で修行しようと思い立った。故郷を出て江戸に向かう途中で、軍鶏の鶏合わせを見て秘剣を編み出した、岩倉源太夫なる剣術遣いの名を知ったのである。

なんでも南国の園瀬という小藩で、道場を開いているらしい。それでお手合わせ願おうと、わざわざ園瀬くんだりまでやって来たというのに、弟子に相手させようとは、なんたる無礼な、と息巻いているのだ。

いくらなんでも園瀬くんだりはなかろう。武芸の修行のまえに礼儀を学ぶべきではないのかと、つい口にしそうになったが、そこは抑えて、

「失礼つかまつった。それでは拙者がお相手いたす。ところで武器《えもの》だが、竹刀、木剣のいずれがよろしいか。三宅どのにすれば、当然、真剣であろうな。となれば道場を汚す訳にはまいらんので、時刻と場所を決めていただきたい」

「いや」

三宅藤四郎は一瞬だが戸惑いを見せた。「うんにゃ」というふうに、源太夫の耳には聞こえた。以下の言葉もすんなりと理解できたわけではなく、何度か聞き直してようやくわかったのであった。

「勝負で勝敗がつきさえすればよいので、竹刀でも木剣でもかまわぬのではないのか」

「さようか。以前、ある武芸者に挑まれたおり、竹刀か木剣かと問うたところ、勝負と申すからには真剣以外にあるのか、と嘲《あざわら》われたのでな」

源太夫はすでに相手の気を呑んでいた。

「それでは竹刀で願おう」

「相わかった。防具はいかがいたす」

「なしで」

源太夫はうなずくと、壁に架けられた竹刀を二本取り、柄《つか》を三宅に向けて選ばせた。

荷物と言っても、背中に斜めに掛けた背負網《しょいあみ》だけであった。稽古着を貸そうかとも思ったが、汗をかく暇もないだろうと、そのままにした。

弟子たちはとっくに稽古を中断し、壁際にならんで正座している。

三宅は胸前で結んだ背負網の紐を解《ほど》くと床に置き、その横に鞘の塗りが剝《は》げた大小を並べた。弟子の一人が「お預かりいたします」と断って、刀架けに移した。

二人は向きあって立つと、一礼して竹刀を構えた。

「とぉーッ！」

裂帛《れっぱく》の気合いとともに三宅はいきなり撃ち掛かってきたが、振りおろした竹刀の先に源太夫の姿はなかった。ハッとなって振り返ると、静かな顔で立っている。道場に居た弟子たちにも、源太夫の動きは見えなかったようだ。唖然として声もない。

三宅は構えに移ることもできず、放心状態で突っ立っていた。

「おわかりいただけたか」

源太夫の言葉にわれに返った三宅は、その場にがばと平伏した。

「まいりました」と絞り出すように言うと、顔をあげて源太夫を見た。「つきましては、お願いがございます」

「気の毒だが弟子にはできぬ」

「えッ」

「手あわせのあとで、何人もからおなじことをたのまれたが」

藩士とその子弟を教導するのを目的に建てられた藩の道場なので、切望されても残念ながら弟子にはできない、と理由を述べた。

「であれば」と、源太夫は相手が切り出すよりも早く言った。「岩倉一個人としての弟子にしてもらいたいと熱望されもしたが、それもできぬ」

「ならば、下男として使っていただけませぬか」

「下男はおるし、最近も若いのを雇ったばかりゆえ、これ以上は面倒を見れぬ」

「給銀は要りませぬゆえ、どうか置いてくだされ。先生のもとで一から学びなおします」

「ここではなんだから、母屋にまいろう」

弟子の手前、あまりみっともないところは見せられない。稽古を続けるよう言い残し、三宅を伴って源太夫は道場を出た。

かれは三宅に鱈腹《たらふく》食べさせて、酒も飲ませた。さらに多めに金を包んで、路銀の足しにするよう渡そうとしたが、相手は固辞する。それをなんとかおさめさせた。

「道場には小部屋もあるが、藩士以外は泊めることはできんので、気の毒である。もしよければ、親切な旅籠を紹介しよう」

と要町の東雲を教えた。

源太夫は三宅藤四郎に対し、表向きはなるべくおだやかに接したが、有無を言わせなかった。これかぎりにしてもらわねばならないし、恨まれるのもかなわない。

三宅を送り出した源太夫は道場にはもどらず、庭で軍鶏を見て廻った。

稽古を終えた弟子たちが、連れ立って道場から出てくる。井戸端で下帯一つになって、絞った手拭で体を拭き清めた。

年少組も騒ぎながら清めている。源太夫はその声を背後に聞きながら、権助と亀吉が若鶏の味見、つまり練習試合をさせるのを見ていた。

成鶏の鶏合わせは換羽期ゆえ見あわせることに決めたが、若鶏の味見はもうしばらく続けることにした。一度の稽古時間を短くし、なるべく多くの相手と当たらせることにしたのである。

羽毛がきれいなままの若鶏もいれば、すでに首筋や胸前の羽根が抜け落ちて、肌の一部が剝き出しになったものもいた。やはりきれいな若鶏は敏捷《びんしょう》で、攻めが鋭く、闘い方にむだがなかった。

味見を見ながら、いつもより市蔵の声が少ないなと、源太夫は感じていた。

食事中も市蔵はおとなしかった。どことなく元気がないのである。

「気になることがあるのではないのか」

食べ終わり、茶を飲み終えたとき源太夫がそう言うと、市蔵は戸惑ったような顔になった。

「元気がないと市蔵らしくない。そんなことでは、武蔵に笑われるぞ」

捨てられた仔犬を拾ってきた市蔵は、武蔵と名付けて可愛がっていた。その名を出されて笑顔が浮かびはしたが、すぐに消えてしまった。

表座敷のほうをチラリと見たのは、二人で話したいということだろう。みつと幸司に目をやってから、源太夫は言った。

「母や弟に話せぬようなことなら、父は聞く気はない」

言われた市蔵はちいさく溜息をついた。しばらくためらってから、心を決めたように短く言った。

「今日、道場にお見えの」

「三宅どのがどうかしたか」

「弟子になさいませんでした」

「それが決まりだからな。岩倉道場は藩士とその子息に剣を教えるため、殿さまが建ててくださった。許されるのは家来までだ」

「家来ならいいのですね」

「市蔵も知っておる東野弥一兵衛どのは、お家を再興して藩士になった。才二郎のころは中老芦原讃岐さまの家来であった。芦原さまは藩士ゆえに、藩士の家来ということだ。だから父の道場で学ぶことができた」

「亀吉が剣術を学びたいと言っていましたので、父上にたのんでやると言いました。亀吉は父上の家来なので、弟子にしてもらえますね」

「だめだ」

市蔵も本当はわかっていたのだろう。だからこそ思い悩んでいたはずであった。しかし源太夫にきっぱりと言われ、さすがに気落ちしたようである。

「下男とも下僕とも言うが、奉公人であって家来ではない。それがわからぬ市蔵ではあるまい」

「わたしが教えるのなら、かまわないのではないですか」

「いつ、どこで教える。道場は藩のものだから、藩士でもその家来でもない亀吉は使えない。住みこみの奉公人で、朝から晩まで仕事がある。剣を学ぶことなど、とてもではないができぬ」

「母上がサトと亀吉を」

みつが言おうとするより早く、源太夫は首を振った。

「あれは奉公人の仕事をしくじらないようにと、そのために教えておるのであって」

「であれば、奉公人が剣を覚えることも」

「それは屁理屈というものだ」

「だめですか」

「町人や百姓にも教えておる町道場でなら学べるが、実際にはむりだな」

入門には束脩《そくしゅう》が必要だし、その後も月謝を払わねばならない。住みこみの奉公人にはできぬ相談である。

金が都合できても自分の時間はない。明六ツから暮六ツまで働き詰めで、途中で何度か短い休憩があるだけだ。それでは通えない。夕食後は自由時間だが、暮六ツで道場は閉まる。

「分相応と言ってな、人は身分、地位、能力にふさわしい生き方をせねばならん」

父にたのんでやると言った手前、亀吉に嘘を吐《つ》いたことになる。市蔵はそのことで心を痛めているにちがいなかった。

「分相応については、亀吉のほうがよほどわきまえておるぞ」

なにを言い出すのだろうとでも言いたげに、市蔵が源太夫を見た。

「二人だけのときはどう呼んどるか知らんが、人がおる所では必ず市蔵若さまと呼ぶであろう。身分がちがうのでわきまえておるのだ」

道場に来れば弟子であっても、地位が上であれば、公《おおやけ》の場では源太夫は相手を尊称で呼んでいる。

「ですが父上は、惣兵衛さんや留五郎《とめごろう》とも分け隔《へだ》てなく親しくされていますし、芦原さまや池田さまとも、おまえ、おれ、で話されています。芦原さまは中老ですし、池田さまは藩校の教授方ですから、地位から申せば、おまえ、おれ、はまずいのではないでしょうか」

「鋭い打ちこみではあるが、一本は取れなんだな。二人とは日向道場の相弟子だ。道場仲間は特別の間柄《あいだがら》でな。何歳になっても、おまえ、おれ、で呼びあえるのだ。市蔵もやがてそうなる。齢《とし》を取ればわかるだろう。惣兵衛さんと留五郎は軍鶏仲間だが、二人とも父を呼び捨てにしない」

「でも、それは」

「父が武士、惣兵衛さんが商人、留五郎が職人だからだ。だが、それよりも、先程、市蔵が言ったことのほうがよくわかる」

「わたしが、ですか」

「芦原さま、池田さまと武家の二人にはさまを付け、商人の惣兵衛はさん付けで、職人の留五郎は呼び捨てにした。それは市蔵が、身分と地位をわきまえておるからだ」

そう言われても、市蔵はなんとなくすっきりしない顔付きである。

「亀吉はわかっておるはずだから、気にするほどのことはないぞ」

そこで源太夫は打ち切った。あれこれ説明するより、市蔵が一人でじっくりと考えたほうがいいと思ったからである。

三

静穏な日々が続いた。

弟子の多くは午前中に稽古し、午後の場合は日時を指定してくる者が多い。源太夫が軍鶏の鶏合わせをするのを知っているので、なるべく重ならないように、予《あらかじ》め連絡してくるのである。

当然のことながら、源太夫は指導を優先する。軍鶏侍であるまえに、岩倉道場主であるからだ。

成鶏の鶏合わせを晩秋まで休むことにしたので、若鶏の味見だけとなった。八ツ（午後二時）からは亀吉とサトが、みつの「ちいさな学び舎」で半刻（約一時間）ほど学ぶため、味見はそのあととなることが多い。

もっとも状況次第では、軍鶏を見る目のある弟子の中藤晋作《なかふじしんさく》が手伝う。亀吉が権助の下に付いてから、晋作は手伝う機会が減って残念がっていた。権助が声を掛けると、道場から飛んで来る。稽古より軍鶏のほうが好きであった。困ったものだ。

惣兵衛が胤を付けてくれた雄鶏のうちの一羽を、与えてもいいなと源太夫は考えていた。

年少組の稽古はほとんど決まった手順なので、経験者に任せることが多い。その日は日時指定の弟子もなかったので、味見までの時間、源太夫は畦道を南に進み、大《おお》堤《つつみ》の道を散策した。

水田を渡ってくる風が肌に心地よかった。稲の花は咲き終わり、稲穂が日々重くなっていく季節である。

水田で育った小鮒《こぶな》は、尾鰭《おびれ》を入れると七分（約二センチメートル）近くにまで育って、田から小溝、堀を経て、城郭を取り巻く大濠に集まりだした。ほどなく一寸（約三センチメートル）ほどに育ち、黒い怪魚のような大群になって、見る者を驚かせることだろう。

――嵐の前の静けさ、であろうか。

ふと、そんな思いが心を過《よぎ》った。

屋敷にもどって若鶏の稽古試合を見ていると、中老芦原讃岐から、暮六ツを四半刻（約三十分）すぎたころに来てもらいたい、との報せがあった。時刻の指定が細かいなとは思ったが、承知したと答えた。

昼間は爽《さわ》やかな風があったが、夕暮れには完全に凪いでしまった。そよとも吹かない。

西の丸に近い讃岐の屋敷に向かっているとき、またしても、嵐の前の静けさという言葉が心に浮かんだのである。しかし胸騒ぎは起きなかった。

家士に大刀を預けると、書院に通された。

「わしだけか」

当然、柏崎数馬と東野弥一兵衛、そして町方同心の相田順一郎が来ていると、思っていたのである。

「四半刻すればそろう」

かれらとの話は雷の関係と、お盆に起こるかもしれぬことに対してであった。そのまえに、源太夫だけに伝えることがあるということなのだ。

「銀次郎が九日会に入ったことで、カネヤがいよいよ動き出すと見ていたが、その気配は今のところない」

「ようす見が続いておるということか」

「容易には動けぬのだ」

そう言われても源太夫には訳がわからない。

「稲川が蓖を藩の専売にすべきだと提案したおり、産物売捌方《うりさばき》が藩庫に入る額を試算した」

ところが実際には、はるかに下廻る額にしかならなかった。なぜなら監査機構が働かなかったからだ。弱味を握られて脅されたために、稲川と加賀田屋がさまざまな理由をつけて上前を撥《は》ねるのを、ただ黙って見ているだけだったのである。

「なんと不甲斐無い。藩とおのれを秤に掛けられる道理がないことくらい、子供にもわかるだろうに」

「それだけ稲川の遣り口が巧妙だったということだな」と、そこで考えをまとめて讃岐は続けた。「カネヤは加賀田屋の後釜をねらっている、とばかり思っていたのだ。

いや、恐らくそう考えていたにちがいないが、実際に引き継いでみると、おなじようにできぬことがわかったのだろう」

稲川と加賀田屋の不正を暴いたあとで、そうなってしまった理由を突き止めることにした。新野や讃岐は新布陣で、それをもとに二重三重の監査体制を取ることにしたのである。

ところがその仕組みがまとまるまえに、稲川失脚で筆頭家老となった安藤備後が、商人と癒着《ゆちゃく》して処分された。もっとも萓《まいない》の専売に関しては、最優先で監査体制を取ったので、藩有林の檜材の販売に関し、賄賂を取って一部の商人を優遇するという不正を働いたのである。

先の改革は藩政を正すのが目的であったため、処罰は寛大であった。筆頭家老の稲川でさえ切腹にならなかったし、大目付の林甚五兵衛《はやしじんごべえ》も大幅な減石ですんだ。本来なら切腹が妥当な重職も、八名に隠居を言い渡し、十二名を無役にしただけである。ただし再度不正があった場合は、厳罰に処すと言い渡されていた。安藤はそれをいささか甘く見ていたようだ。

安藤の次に筆頭家老となった新野は、直ちに不正防止案に取り掛かったのであった。

あるいはカネヤも、重職の何人かを金で懐柔《かいじゅう》しようとしたかもしれない。だが、稲川処分の記憶も生々しいとあれば、応じる訳がなかった。たとえ応じた者がいたとしても、次の段階で引っ掛かってしまうはずだ。

「つまりわしらの考えた機構が、十分に働いておるということになる」

それに、濡れ手に粟《あわ》などと思わなければ、葉莨専売の元締めを務めるだけで、まずまずの益を得られるのである。

「筆頭家老と組んだ悪徳商人との印象が圧倒的であるため、どうしても加賀田屋を基準に考えてしまう。だが、普通にやっていても収益はあるのだ」

金貸し業も、決してあくどくはないとのことであった。血も涙もない加賀田屋の遣り口に比べると、利子もいくらか低いし、取り立ても問答無用というほど過酷《かこく》ではない。ちゃんとした理由と返済の目途があれば、多少は猶予《ゆうよ》してもらえるとのことである。

「重職への働きかけはどうなのだ」

「やってはいるだろうが、加賀田屋のように露骨ではないし、賄賂を遣ったとしても常識の範囲のようだ」

「ようすを窺っておるだけだという気がするがな」

「カネヤは簡単には加賀田屋になれぬであろうが、そこまでの気はないと見た」

少し間を置いてから、讃岐は絵解きを始めた。

稲川は思うがまま操れるよう、加賀田屋を忘八《ぼうはち》がごとき商人に仕立てたが、まさに打って付けの、それ以上ないという適材であった。

町方の岡っ引の中には、蛇蝎《だかつ》のごとく嫌われる者がいる。その下っ引であったスッポンの猪八が、加賀田屋正太郎の前身であった。

まともな人間として扱われなかった猪八には、世間に対し恨みつらみがある。それを思う存分晴らせる場を、稲川は用意したのだ。筆頭家老を後ろ盾とした加賀田屋は、嬉々として恨みを晴らす道を突っ走った。それによって莫大な財を築いたが、その先に待っていたのは斬首であった。

一方のカネヤはもともと大百姓である。金は儲けたいだろうが、加賀田屋のようなやり方に徹することのできよう訳がない。

ましてや、加賀田屋が斬首になったのを知っている。莨の専売や金貸しで得られる収益で、十分に満足しているとも考えられた。

「その辺りではないかと思うのだがな。もっとも、密かに好機がめぐり来るのを待っていることも考えられるゆえ、監視を続ける必要はあるだろう」

話し終えたところに、家士に案内されて相田が入室し、ほどなく柏崎と東野が連れ立ってやって来た。門前で行きあったらしい。

家士が茶を運び、一礼して退いた。

「車座になってくつろいでくれ。町方の調べたことを相田に報告してもらうため、集まってもろうたのでな。そのあとで、なにかあれば聞かせてもらおう」

讃岐がそう言ったのでかれらは輪になって坐ったが、相田は下座で、しかも少しさがった庭に近い位置に正座した。かれは体の横に風呂敷包みをそっと置いた。

「お盆絡みの警備に対するすべてを相田が取り仕切ることは、城野《じょうの》どのも承認ずみだ」

城野とは町奉行の城野峯之助《みねのすけ》で、同心相田順一郎の能力を高く評価しているとのことである。

稲川八郎兵衛の子飼いであった平野左近《ひらのさこん》が町奉行だった当時、相田は調べた事実を握り潰されたことがあった。明らかな殺人を、相対死《あいたいじに》として処理されたのだ。不服な顔をしたため、探索や捕縛という一線から外されたという経緯がある。

それを知った九頭目一亀や弥一郎時代の芦原讃岐の要請で、稲川一派の不正を暴くために協力したのである。

筆頭家老の稲川が失脚したおり、平野は役を退けられた上、隠居させられた。後任の町奉行が相田を復帰させた。その奉行が体調を崩したあとを受けたのが城野峯之助である。

町奉行は中老格の物頭が月番交替ということになっているが、かなりの期間にわたり一人しか置かれていない。藩の規模からして、それでなんら問題がなかった。

町奉行支配として、江戸町奉行所の与力に当たる町手代が二人、同心が六人、物書が四人いる。同心には岡っ引と下っ引が従っているが、これは町奉行所の認めた者ではない。

園瀬では、城下だけでなく近郊においても犯罪がそれほど発生しなかった。一時は人員を削減することも考えたが、なにかの場合に対応できなくては困るので、探索と捕縛の員数《いんずう》はそろえておくべきだ、ということになった。そのかわり、手が空けばさまざまな役をこなすのである。

藩士の監督は目付の仕事だが、町方同心がその犯罪の調べを手伝うこともある。あくまでも手伝いであり、正式に認められている訳ではないが、幕府や他藩では考えられぬことであった。

平野の町奉行時代、公金横領が発覚したのを恥じて切腹した藩士の死骸《しがい》を、相田が検《あらた》めたことがある。実際は金を使いこんだ上役が、部下を殺して罪をなすりつけたのだが、それも握り潰されたのであった。

相対死の件もそうだが、町奉行が交替制でなかったために起きたまちがいである。

四

ところがここにきて事情が変わった。

二度の雷の打ちあげと、盆踊りがねらわれる可能性が高いことを重大に受け止めた城野は、盆明けまでの期限付きで町奉行所内を臨時に編成しなおした。もちろん評定に懸《か》けて重職の認可を受けている。

町手代一人と二人の同心、そして二人の物書で、通常の町奉行所の業務をおこなう。

もう一人の町手代、四人の同心と二人の物書が、お盆の警備関係を担当する。

ただし町手代は本来の町奉行所の仕事と兼任なので、事実上の責任者は相田であった。本来の業務をこなす二人の同心と物書も、手が空いているときには相田組を手伝う、というものだ。

岡っ引と下っ引は、全員が相田の下に組みこまれた。かれらも用があった場合のみ、本来の組を手伝うことになっていた。

同僚と仕事を分担するが、同心、岡っ引、下っ引への最終的な指示は相田がおこない、報告も一括して受ける。そして判断し、次の対策を講じることを任されていた。

町奉行の城野や町手代に報告するのは当然だが、緊急の場合の指示や命令に関しては、事後報告でも差し支えない。

「ということで相田に動いてもらっているが、進み具合を話してもらうまえに、こちらでわかるおよその人頭《じんとう》について述べておこう」

前置きして讃岐は話し始めた。

園瀬の領民は九万九千人を超える。うち士卒が陪臣とその家族を含め四千人強であった。ということは武家以外が九万五千人。その四分の一にあたる二万四千人近くが城下で暮らし、大堤防内に住む百姓が八千人弱であった。それ以外は近郊の住人だが、そのほとんどは百姓であった。

盆踊りのあいだは、少ない日でも城下の住民の五割増しの三万六千人、多い日には倍の四万八千人から五万人近くに膨《ふく》れあがる。

「相当な数であるが、注意せねばならぬ対象はかぎられておる。わかりやすくたのむぞ」

「かしこまりました」うなずいて風呂敷包みを解きながら、相田は話し始めた。「見物客はいくつかに分けられます」

まず人数として圧倒的に多く、しかも注意を払う必要のないのが領民で、ほとんどが百姓である。

盆踊りは日暮れから始まり、五ツ（午後八時）から四ツ（十時）がもっとも盛りあがる。終わるのは九ツ（午後十二時）ごろであった。

終わってから夜道を帰るのは億劫《おっくう》だからだろう、大堤防の外に住む者は、城下かその周辺の親類の家に泊めてもらう。堤の内側でも遠い者は、泊めてもらっているようだ。

「これは除外してよろしいかと思います。領民以外で多いのは隣藩で、地続きなので当然でしょう。園瀬に親類縁者がいる者もおります」

包みを拡げた相田は、細かな文字がびっしりと書きこまれた紙片を、いくつかの山にしていった。

盆踊りだけを見る客と、そうでない客にも分けられる。けっこうな路銀を使って園瀬に旅するのだから、盆踊りを見るだけではもったいないと、神社仏閣や名所旧跡をめぐる人たちだ。京大坂など遠方から来た人に多い。

ところが園瀬には寺町にある古刹《こさつ》とか、源氏の瀧などが多少知られているくらいであった。そこで何箇所かを売り出そうとしたのだが、思ったほど評判にはなっていない。

たとえば、胸八峠を越えた弘法大師空海《こうぼうだいしくうかい》が、杖を地面に突き刺したまま昼寝をしてしまった。それを忘れて峠を降りたところ、杖が根付いて椎《しい》の大木になったという「大師の一本森」。後年、ふたたび通ったおり、「おお、あの杖が木になったか」と言われたとのことだが、作られた伝説だろう。

西に連なる屏風《びょうぶ》のような連山からは、深く切れこんだ谷が何本も流れ落ちている。それぞれの谷からは数本の滝が落ちているので、あわせると百本ぐらいにはなるゆえ、名付けて「園瀬の百瀧」。

正面と左右が急な石垣で、これまた急な石段を上ると、鐘楼《しょうろう》を兼ねた山門がある富尊寺《ふそんじ》、などであった。

だが人気にならなかった。

大師の一本森は見事な大樹だが、猟師か修験者くらいしか通らない胸八峠まで、行ける見物人はまずいない。百瀧にしても、一箇所から一望できる訳ではなかった。

個々に見て廻れば何日も要する。富尊寺に至っては、「土地が狭いだけではないか」と皮肉られるほどで、山門が鐘楼を兼ねているくらいでは人を呼べないのである。

なにより、食事処《どころ》と宿がないのが致命的であった。ところが地元にすれば、たまにしかこない見物人のために、旅籠や一膳飯屋《いちぜんめしや》を作る訳にはいかない。

わざわざ遠路を来たのだからと、馬を雇って出掛ける者もいた。そして、もう懲《こ》り懲《ご》りという顔をして宿にもどるのであった。

ほかにも、一泊だけで帰るのと二泊以上の見物客とか、常連客と初めての客などに分けることができる。

「旅籠などの旅宿、得意先などを招待する大店などで、盆踊りが気に入った客は、翌年の予約をして帰ります」

いわゆる常連客に関しては、名と住所、職業や身分、それにどういう人物かがわかっているので除外できる。かれらが毎年連れ立って来る友人や知人も外していい。

「常連客が知りあいにたのまれて予約し、あるいは封書で申しこんだ客は、朱筆で書いてあります」と、そう言って相田は紙面を示した。「初めて連れてくる知人も朱になっています。大店の商家、職人の親方、大百姓などもそれに準じています」

前年に予約して帰った客はまず問題ないと思われるが、昨年が初めてで今年が二回目になる客は、念のため調べることにしている、と相田は言った。名前の横に朱線を引いたのがそれであった。

「朱書きと朱線以外で注意せねばならないのは、当日になって別の知りあいを連れて来た場合と、来なくなった客に替わって泊まる者です。なにかの事情で入れ替わった者は、厳重に注意せねばなりませんが、いずれも宵日か、その前日からとなります」

「今のところは、怪しい者や動きはないな」

「はい」

「なにか細工を施すとしても、早くから動けば目立つので、やはり見物客たちが集まってから、それに紛《まぎ》れてとなろう」

「仰せのとおりで」

「ご苦労であった」相田を労ってから、讃岐は三人に顔を向けた。「なにか気付いたこと、あるいは相田に訊いておきたいことはあるか」

「中間が話しているのをたまたま耳にしたのですが」と、数馬が静かに話し始めた。「踊りの連、仲間の集まりですね。昨年、ある連の男連中が、歌舞伎《かぶき》役者のように全員白塗りになって、赤や黒で派手に隈取《くまどり》を描いたとかで、たいへんな評判になったそうです。それで今年は、それ以上の受けをねらおうと」

「ああ、それはあるかもしれない」同意したのは弥一兵衛である。「江戸では花見の趣向として、あれこれおもしろがり、茶番をやる連中がいるそうです」

江戸から連れ帰った園に聞いた話だとわかっているので、讃岐、源太夫、数馬は笑いを浮かべたが、相田一人がまじめな顔で聞いている。

物見高い江戸っ子なので、奇抜なほどやんやの喝采《かっさい》を送る。だからやるほうも評判を取ろうと、知恵を絞るのだそうである。

「いかなるものか知っていただくため、一つだけ紹介します」

前置きして弥一兵衛が語ったのは、こんな趣向である。

首から膝近くまである大きな前垂れをした、それも肥満した男たちが十人、花見の客たちのまえに一列に並んだ。

だれもがどことなく凄味のある顔をしている。眉が太い、目が鋭い、団子鼻あるいは鷲鼻《わしばな》、分厚い唇、濃い無精髭、赤ら顔と、贔屓《ひいき》目に見ても優男《やさおとこ》とは言えない。

なにしろ異様である。真っ赤な前垂れなのだ。

なにごとが始まるのかと、だれもが期待に目を輝かせている。

中の一人が大音声《だいおんじょう》をあげた。

「では、見ていただくといたしやしょう。野郎ども、いいな。それ、せーのッ」

掛け声とともに十人が一斉に前垂れをめくりあげると、女性たちから「キャー」と悲鳴があがった。下帯だけだったからだ。

それだけではない。はちきれんばかりの太鼓腹には、お多福《たふく》の顔が描かれていた。狭い富士額、垂れた眉と目、ちいさな鼻とおちょぼ口、頰には丸く紅が塗られている。

爆笑となった。強面《こわもて》の男たちとお多福との落差のおおきさが、のんびりと花見を楽しんでいた連中に受けたのだろう。

真っ赤な前垂れの裏は豆絞り模様になって、胸から上と首に頭、さらには両腕も包みこまれている。手拭で姉さん被りをしたお多福の顔が、両脚だけで立っているのである。毛深い脚も多かったという。

一列にならんだ太鼓腹を、男たちは膨らませたり凹《へこ》ませたりし始めた。それにつれてお多福が愛想笑いをし、ふくれっ面になり、べそをかき、しょげ返る。

お多福の百面相だが、十人がまったくちがう面相をしているかと思うと、偶然におなじような表情になったりする。

年頃の娘たちは笑いすぎて涙を流し、せっかくの化粧が台無しであった。

「いまだに語り草になっておるとのことで」

「才二郎の」と言い掛けて讃岐は訂正した。「弥一兵衛の口からそんな話が聞けるとは、思ってもおらなんだが」

「まさに、可愛い子には旅をさせろ、だな」

源太夫がからかい気味に言うと、讃岐は腕組みをして唸り声をあげた。

「だが、その手を使われると、いささか厄介である」

「思いついて、すぐできるものではありません」しばらく黙って聞いていた相田が口を開いた。「準備をしなければできませんので、その辺りは調べがついております。また、なにか特別なことをやらないかと働きかける者がいたら、すぐに知らせるように徹底してあります」

「さすが町方であるな」

「今回はこれに」と、相田は懐から十手袋を出して朱房を見せた。「物を言わせました。腕がないから十手に頼ると言われるのですが、此度《こたび》ばかりはそうも言っておられず。それはともかく、われらの知らぬところで密かに準備し、当日、俄《にわか》狂言を突然やられますと。いや、おそらくそれを目晦《めくら》ましにして、べつの場所や、思いもしない仕掛けをされることも考えられます」

「防ぎようがありませんね」

数馬には珍しく深刻な顔である。

「考えている手はないでもないが」と、讃岐が奥歯に物の挟まったような言い方をした。「上が首を縦に振るであろうか。やはり、当たってみるしかなかろうな。ともかく、これからもなにか思い付いたら言ってくれ」

讃岐は手を叩いて家士を呼び、酒肴を命じた。

「問題はこれからだな」と、讃岐は相田に言った。「頼れるのはそのほうたち町方だ。よろしくたのむぞ」

「かしこまりました。では、それがしはこれで」

一礼して書類を風呂敷に包もうとする相田に、讃岐がいっしょに飲んでいくように言った。

「大酒する訳ではない。それに今宵のシテはおぬしではないか。一人で喋り続けたので、咽喉も渇いておろう」

遠慮がちな目で見られたので、源太夫はうなずいた。

「それでは、いただくことにいたします」

五

昼食を終えてひと休みし、源太夫が道場に向かおうと庭に出たところに、正願寺の寺男がやって来た。恵海和尚からの囲碁の誘いかと思ったのは、前回の訪問では恵山と打ったからである。

あれからすでに半月が流れていた。恵山に棒術だけでなく碁も教えているのだが、久し振りに力の拮抗した源太夫と盤を囲みたくなったのだろう。

ところが予想は外れた。和尚ではなく恵山からの伝言であった。

本来なら伺わねばならぬところですが、事情がありますので、申し訳ないですが寺まで御足労いただけないでしょうか、というのが用件である。日時は源太夫の都合にあわせるとのことなので、六ツ半（午後七時）に行くと返辞しておいた。

恵山が都合を訊いてきたのは、いや寺男を寄越したのも初めてであった。これまでは、大村圭二郎として道場の弟子だったかれのほうから、師の源太夫を訪ねて来たのである。

事情があるというのであるいはと思ったが、あれこれ想像しても意味はない。

道場からは、竹刀を撃ちあう音や気合い声が聞こえてくる。黄色い声が多いのは、朝は年少組のかなりの弟子が藩校に出る日だったからだ。

見所に坐ると源太夫は腕を組み半眼になる。

どこにも焦点をあわせず、しばらくそのままにしていると、ぼんやりした視野全体に、次第に濃淡ができる。真剣さの度合いのちがいから来るものだろう。

強くなりたいとの一心で励んでいる者と、親や兄に言われてしかたなく道場通いをしている者では、歴然とした差が出るのは当然のことである。

若侍や年輩者ではなく、年少組が稽古に励む辺りに一箇所、目立って濃密なところがあった。

半眼だった目を見開き、源太夫はそちらを見た。

やはり、そうだった。

市蔵と幸司である。

周りの大人のほとんどは、二人が実の兄弟でないのを知っている。知っていながら、いや知っているからこそ、仲の良さに驚くのである。

市蔵も知った。

育ての親である源太夫が、上意討ちでやむを得ぬとは言いながら、実の父立川彦蔵を斬り殺した仇であることを、である。悩みに悩み、市蔵は遂には家を出てしまった。

だが権助と、亀吉、市蔵の母の弟、つまり叔父《おじ》である狭間鉄之丞《はざまてつのじよう》らの支えによって、自力で立ち直ることができた。

市蔵が実の兄でないと、幸司が知る日も近いだろう。あるいはすでに知っているかもしれない、とも思う。

二人が実の両親でないと市蔵が知ったとき、源太夫とみつは兄弟をまえに事実を話すかどうか迷ったが、結局は話さないことにした。

親が実の親でなかったのと、兄が実の兄でないのとは、根本的にちがっている。幸司にとっては実の両親がいて、兄とは血がつながっていないというだけなのだ。

もちろん知れば衝撃を受け、悩みはするだろうが、市蔵でさえ立ち直ったのである。幸司にそれができぬとは思えなかった。

仲は良いのに対抗意識は強い。それも弟の幸司のほうが、はるかに激しいのである。三歳上の兄に勝てなくても、普通なら当然と、あるいはしかたないと思うのではないだろうか。ところが幸司は悔しがって、涙を流すことさえあった。

それだけに稽古も熱心だ。

「よし、いいだろう」と、先にそう言うのは決まって市蔵であった。「まだまだ」とか「もう一度」などと喰いさがるのは、かならず弟の幸司のほうなのだ。

そして幸司は市蔵に追い付いた。ほどなく抜き去ることだろう。力の世界だからそれは止むを得ないことである。それが悔しかったら、相手より強くなればいいだけのことだ。

恵山が岩倉源太夫の道場に通っていた大村圭二郎時代、十五歳で名札を五枚目に進めていた。翌年にはさらに三枚目にまであげたのである。

当時、師範代だった柏崎数馬と東野才二郎に次ぐ位置であった。十代の若さで十席以内に名札を掛けている者は三名いたが、五席内となると圭二郎ただ一人であった。ほかの二人は八席と十席で、ともに十九歳である。

強い者は強い。だから、だれもがそれを当然と思っていた。

圭二郎に迫りたい、いや、追い抜きたいと稽古に励む若手は多かった。もっともある程度の年齢の者は、能力の有無の問題ゆえ、しかたがないことだと諦めていただろうが。

幸司に追い抜かれたときの市蔵の衝撃は、弟に追い越されたというだけに留まらない。そこにふたたび実の子でないという事実がからまるので、不幸な歪《ひず》みを見せないとは限らないのである。

しかし、どうなるかわからぬことで悩んでもしかたがなかった。

明日は死ぬかもしれないし、死ななければならなくなるかもしれない。それが武士というものである。

——なんとしたことだ。

源太夫は辛うじて、身を乗り出すことも声に出すこともせずに堪《こら》えた。幸司が二本続けて市蔵から取ったからだ。

驚きはそれだけではなかった。さらに一本を取ったのである。

「まいった。これまでにしてくれ」と言った市蔵の声は、意外とさっぱりして悔しそうではなかった。「それにしても強くなったなあ。完璧にやられたよ」

なんと微笑すら浮かべている。

「ありがとうございました」

幸司があっさりと引きさがったのも、これまでとちがっていた。

「佐吉《さきち》さん、次お願いします」

市蔵と同い年の佐吉に声を掛けると、幸司は板の間に正座して、佐吉の動きに見入っている。

どことなく、それまでとちがう雰囲気を感じてはいた。だが源太夫は特に考えることなく、ほかの弟子たちに目を移した。

恵海への手土産に一升徳利を提《さ》げ、寺町を抜けた源太夫は、六ツ半に正願寺の山門を潜った。

恵山の、呼び付けた詫《わ》びと、来てもらったことに対する礼が終わるなり、源太夫は言った。

「幸司が来たようだな」

「はい」

恵山はべつに驚きもしなかった。

「昨日か」

「はい。八ツ半（午後三時）すぎでした」

「迷惑をかけたのでなければよいが」

「迷惑など、とんでもないことです」

源太夫は徳利を恵山に手渡した。

「和尚が退屈なさってては気の毒なので提げて来たが、毎度のことで代わり映《ば》えがせんな」

「それでしたらごいっしょにお話しいたしましょう。隠さねばならぬことでもありませんし、その辺りはわきまえておいでですので」

徳利を提げて先に立つ恵山のあとに、源太夫は黙って従った。

「わたしが得度したおり、幸司どのは六歳でしたが、二年でこれほど成長するものかと、驚かされました」

「子が弟子であるのは、思ったより厄介であるぞ」

恵山は静かな笑いを浮かべると、廊下に膝を突いた。

「和尚さま、失礼いたします」と、襖越しに呼びかける。「岩倉さまがお見えになられました」

「おお、入ってもらっておくれ」

「はい。それから般若湯《はんにゃとう》をいただきました」

恵山が襖を開けたので、源太夫が、続いて恵山が部屋に入った。

「いつもすみませんな」

小机には書が拡げてあったが、恵海は紙片を挟むと閉じて、源太夫に向きなおった。

「湯呑を取ってまいります」

恵山は頭をさげると部屋を出たが、すぐに盆に茶碗を載せてもどった。

「師匠にお願いして、おいでいただきました」

徳利の酒を注ぎながら恵山が言った。

酒が注がれると恵海は湯呑茶碗を取り、少し含むと下に置いた。源太夫は恵山の話を聞くまでは控えることにした。

恵海の視線を受けてかれは口を開いた。

「育ての親のそれがしが実の父を殺した仇だと、上の市蔵が知ったのが九歳でしてな」

「これは、単刀直入な申されようであることよ」

「下の幸司が、市蔵が実の兄でないのを知ったのが、八歳。つい最近のようで、そのことで幸司が恵山に相談にまいったらしい」

「いえ、うすうすは気付いておられたようですが、はっきりと知ったのは半年ほど以前だったそうです」

「なんと！」

思いもかけぬことであった。てっきり、ここ数日のうちに知ったと思っていたのである。そして雷やお盆の警備に気を取られていたために、気付かなかったのだと自分なりに納得したのであった。

するとと幸司は半年近く悩み続け、前日、意を決して恵山に相談に来たのか。しかし源太夫もみつも、幸司が知ったことにまるで気付かなかったのである。

源太夫はともかくみつは勘が鋭い。わずかな変化であろうとわかるはずであった。それとも娘の花《はな》から目を離せず、市蔵と幸司にはこれまでのように注意を払えなかったのであろうか。

市蔵のときには明らかな変化があった。思いに沈み、無口になったし、拾って世話をしていた犬の武蔵に当たり散らしたりして、懊悩《おうのう》がにじみ出ていたのだ。

実の親でないのと、実の兄でなかったことは、幼い者にとってともにおおきな衝撃だと思えるが、まったくべつのものだろうか。源太夫にはわからなかった。

「それで幸司はどのように」

恵山はうなずくと静かに話し始めた。

幸司は圭二郎に、兄の嘉一郎《かいちろう》と立ちあったことはあるのか、と訊いたそうである。

幸司にとっては恵山でなく、道場時代の圭二郎のままであるらしい。恵山という名は一度も出なかったとのことだ。

「おなじ岩倉先生に弟子入りしたが、兄は本ばかり読んでいて、剣にはまるで気が入っていなかった。一度だけ竹刀を交えたが、十歳のわたしが十七歳の兄に勝つと、あとは立ちあう気になれなかったな、兄もわたしも」

答えたあとで、どうしてそんなことを訊くのだと問うと、幸司はこう言った。

「三歳上の兄に負けるのが悔しくて、ひたすら稽古に汗を流しました。そして半年くらいまえに、なんとか追い付けたと思いました」

ところがそのころ、市蔵が実の兄でないと教えられたのである。示唆《しさ》したのはどうやら弟子の一人らしいが、幸司はその名は明かさなかったそうだ。

当然、驚いたし動揺もした。それよりも、実でない兄を打ちのめしていいものかどうか、迷い始めたのである。ということは対等ではなく、自分が上だと自覚していたからだということになる。

「そんなことを幸司が」

「はい。正直、困りましたね。しかし、適当なことを言って、その場をごまかす訳にはまいりません。あとになって本人を傷つけるだけですから」

「本当のことを言ってくれたのだな」

「先生ならどう考えると思うだろうか、と言いました」

「手を抜く、力を加減する、それほど相手を侮辱《ぶじょく》することはない」

「まさにそのとおりです」

「倅《せがれ》にはわかっただろうか」

いけない、私情を出してしまった、と多少の悔いはあったが、圭二郎いや恵山は気付かぬふうに言った。

「わたしはわかったと思います」

恵山はそう言った。

とすると、今日の午後に見た市蔵と幸司の立ちあいは、かぎりなくおおきな意味をもっていたことになる。

幸司はありのままの自分を見せ、それが市蔵にはうれしかったのだ。おそらく市蔵は、実際には幸司が自分を追い抜いたことに、気付いていたのだろう。

それなのに幸司はそれを示さなくなった。市蔵が実の兄でないことを知ったからにちがいない。遠慮しているのである。距離ができて、それを縮められなくなったのだ。

ところが今日それが霧消した。実の兄ではなくても、自分たちが兄弟であることを、自分がそう感じていることを、幸司がはっきりと自覚できたからだろう。

そして市蔵から三本取ったとき、相手にもはっきりわかったのである。二人に血の繋がりがなくても、自分たちが兄弟であることをたしかめることができたのだ。だから市蔵はすっきりとした顔で微笑み、幸司もすなおに「ありがとうございました」と言えたのである。

お互いが相手を認めあったのだ。

わたしはわかったと思います、と恵山は短く言っただけだが、おそらく二人はもっと多くを、こまごました話をしたことだろう。だからこそ、恵山は確信を持って、ひと言でそう言えたのだ。

「持って来た酒ですまぬが飲ませてもらおう。恵山のおかげで、うまい酒が飲めることになった。しかし幸司が恵山を相談相手に選んだとすると、あいつはどうして人を見る目があるな」

――そうか、二人はそっくりなのだ。

ともに負けず嫌いである。そして兄よりも腕をあげた。圭二郎であった恵山が、静かに自分を見詰めたように、幸司も自分を、そして周りの人、特に大人たちを見ているのだろう。

源太夫は背筋を伸ばすと、軽く一礼して茶碗を取りあげ、ゆっくりと口に含んだ。

「うまい。実にうまい」

六

「やはり、これといった動きはありません」

讃岐の屋敷の集まりでは、町奉行所同心の相田順一郎から報告があったが、予想したとおり兆候はなかった。

「怪しげな品、特に武具などが運びこまれないか、人が潜んでいないか、荷馬車の類はかならず荷改めをしております。荷主が領民かそうでないかのべつなく、馬方に関してもおなじように」

また個人の荷も、調べているとのことであった。

二度にわたる雷の打ちあげに関しては、領民以外の者を泊めた家があるかどうか調べさせた。だが、泊めたとの報告はなかった。

ところがあとになって、見掛けぬ人を泊めていたようだ、などと告げ口があったので取り調べたこともある。

大坂に働きに出ていた三男坊が、主人が許してくれなかったので好きな女と逃げて来た。旅芝居一座の役者が病気になったので、快癒《かいゆ》し次第あとを追わせるつもりで泊めた。病気なので雷の打ちあげに関係ないと思い、届けなかった、などという類ばかりである。

理由に拘《かか》わらず届ける義務があるのに、それを怠《おこた》ったこと自体が罪であった。だが、今後はこのようなことのなきようにと、叱《しか》りに留め、過料とはしていない。

「松本はどうだ」

芸人と文人の面倒見のいい大百姓だが、盆のあいだは一人の芸人も来ないとのことである。

「以前は盆踊りを目当てに、芸人たちがけっこう来たそうです。ところが盆踊りのほうが楽しいからと、客がまるで集まらないとのことでしてね。数人しか入らないので、路銀を借りて帰った芸人もいるそうです。では盆がすぎるとどうかというと、しばらくのあいだはぼんやりして、やはり客が来ない。園瀬の盆踊りは芸人泣かせで知れ渡っていると、あるじの作蔵が笑っていました」

踊りがあるあいだは城下の宿は満室なので、松本の客は駕籠《かご》や馬で通い、どんなに遅くなってももどるとのことであった。翌日は昼まで寝ていてもいいのだから、気楽なものである。

文人たちも、身元のしっかりした者ばかりであった。

「今年が初めての絵師が一人、急に決まったとのことですが」

毎年かならず見物に来ていた京都の書家が体調を崩したので、園瀬の盆踊りを描いてもらいたいと、代理で絵師を寄越すとのことであった。著名な書家らしいが、名前を聞いても相田にはわからなかったそうだ。

「来ないのであればと、名は控えませんでした。書いてもらった書を額にしてあるそうですから、おりがあればご覧になられるといいと思います。なんでも、おおきな反物問屋のご隠居でもあるそうでしてね」

「とすればたしかめる必要はなさそうだな」

「はい。ですが念のために会っておきます。なにも松本まで行かなくても、常夜灯の辻かどこかで絵を描いているでしょうから」

やはり、嵐の前の静けさであろうか、と源太夫は讃岐、数馬と弥一兵衛、そして相田を見ながら思った。

それでも盆が近付くと、名に負う園瀬の盆踊り見物が目的の客たちが、少しずつやって来るようになった。

「まだまだですね」と、相田は平然としている。「前日あるいは当日の客までは、身《み》許《もと》がわかっております。初めて来た者だけ調べればいいと思いますが、今のところ来ておりません」

早く来るのは余裕をもってゆっくり楽しみたいという、夫婦者とか気のあった友人同士が主で、ほとんどが年輩の裕福な人たちだ。

藩としては新しい名所として「園瀬の百瀧」など何箇所かを売り出したかったのだが、近頃ではほとんど訪れる人もいなくなった。

旅籠や得意先を泊めている大店にしても、客にしんどい思いをさせたいとは思わない。一応の話はするのだが、「それよりも近場でのんびりなさったほうがよろしいですよ」と、さり気なく言うに留めているそうだ。

その近場に見どころがないのだから、どうにも歯痒《はがゆ》い。

寺町の石畳を抜けて街道にぶつかり、西に進むと並木の馬場がある。

城山の北を隣藩に向かう街道の走る西側と、その先に花房川の流れる北側は、防風林を兼ねた並木になっていた。外側は常緑の松、内側には落葉樹の椽《くぬぎ》が植えられている。馬場の名はそれに由来していた。

二万五千坪強の広さがあるし、真北にどこまでも続く並木は見事なものだが、それだけでは人は呼べない。

長方形あるいは楕円形《だえん》の何種類かの砂馬場や、長い直線の走路が設けられている。山野を駆けめぐる野戦《のいくさ》の訓練のために、岩や柵、崖や溝などの障碍《しょうがい》を配した一画もあった。

さらには削蹄《さくてい》のための作業場が設けられている。当然、調教後の汗を洗い落とすために、馬洗場も設置されていた。

馬場がほどほどの広さなのは、馬の馴致《じゅんち》が主な目的に設けられたからである。野戦を想定した調練なら見応えがあるだろうが、最近、馬場はほとんど利用されていない。また、踊り見物の客のために、わざわざ調練をおこなう訳にはいかないのである。

重職は屋敷内に厩舎と、狭いながら馬場も設けている。厩丁には藩の公用馬を管理する厩舎があり、乗方《のりかた》が並木の馬場で調教をするが、毎日ではなかった。しかも、風雨が強いとか、干天《かんてん》の日には休むのである。

これまでは、次席家老の九頭目一亀が自馬《もちうま》を調教しに来るくらいであったが、最近はかれに教わりたいという重職の子息たちも増えつつあった。藩主の異腹の兄らしくない気さくさと、江戸の話がいろいろ聞けるのが楽しいのかもしれない。

それはともかく、いかに並木が見事であっても、馬がいなければたちまち飽きてしまうのは当然と言えた。

ではどこが好まれるようになったかというと、一番の人気は大堤であった。巨大な蹄鉄のように花房川の流れを変えて山際に押しやり、広大な水田を抱えた規模のおおきさだけでも見る価値があると、次第に人気は高まっている。

また大堤からの城下の眺望が見事であった。なだらかな斜面に扇状に拡がる城郭と武家屋敷、要《かなめ》の位置を占める天守閣は、まさに一幅の画といっていい。その東側には寺町があって、伽藍《がらん》の甍《いらか》がそびえていた。

目を転ずると、広大な水田地帯となっている。集まった集落が島嶼《とうしょ》のように点在しているが、それらは花房川が荒れ川だった名残《なごり》であった。多くが石垣の上に建てられていた。

時刻によって、また天候によって、色合いがさまざまに変化して飽きさせない。宿に弁当を作ってもらい、連日堤防をそぞろ歩きする人たちもいた。

次に人気があるのがうそヶ淵である。岸の榎《えのき》の大木の根方に、川獺《かわうそ》が巣を掛けていることが、名前の由来であった。

川獺は潜って川魚を捕える鼬《いたち》ほどの小動物で、奇妙な習性で知られていた。捕えた魚をすぐには食べず、淵なら崖の岩、岸辺ならおおきな石の上に並べるのである。何匹か溜まってから食べ始めるのであった。

人が物を供えて先祖を祭るのに似ているので、それを獺祭《だっさい》、あるいは獺祭魚と呼ぶ。

唐の詩人李商隠《りしょういん》は、自分の詩に、非常に多くの書物からあれこれを引用したので、詩文を作るときに書籍を並べ拡げることにも用いる。

ある文人が知人に認《したた》めた書簡に、園瀬の盆踊りを見たことを書いた。その中で「園瀬の里を流れる花房川にはうそヶ淵があるが、その岸辺で獺祭を見た」と触れた。獺祭を単なる言葉だと、実際に川獺が魚を並べるなどと思ってもいなかった人もいたらしく、次々と伝わってしまったらしい。

「川獺は早朝か夕刻しか姿を見せません」

宿の者がそう断っても、かまわないと弁当持参で出掛ける客が後を絶たない。見られなければ夕刻や翌朝、懲りずに出掛ける。そして目撃でもしようものなら、「獺祭を見た」と大騒ぎし、知人に書き送るのであった。

水中で魚を追う場合に舵《かじ》として使えるほど、川獺の尾は太い。その尾と二本の後脚で人のように立ち、両前脚で摑んだ魚を頭から齧《かじ》り喰う。対岸から眺めれば、その仕草《しぐさ》は可愛いかもしれないが、すぐ近くで見れば、相当に獣じみて、興醒《きょうざ》めすることだろう。

限られた時間にしか現れないのは、視力の関係と思われるが、極端に眩《まぶ》しさに弱いからである。それもあって朝晩だけ活動するが、曇天《どんてん》なら昼間でも見ることができた。

園瀬は清流の花房川が流れていることもあるだろうが、水に関係した名所が多い。源氏の瀧、園瀬の百瀧、そしてうそヶ淵に沈鐘ヶ淵《ちんしょうがふち》、大堤の起点には藤ヶ淵もある。

藤ヶ淵はほぼ垂直の絶壁に、年を経た藤が真横に蔓《つる》を伸ばしている。初夏には、蔓から何十本という薄紫色の花房が垂れさがるのであった。それが水面に映り、上下から房を伸ばすように見えた。地元ではそれを「向い藤」とか「重ね藤」と呼んでいるが、花房川の名もそこから来ている。

一度見ればだれもが感嘆するはずだが、残念なことに季節がちがった。季節がちがうと言えば、麦秋から田植えどきにかけての、盆地を埋め尽くす蛍《ほたる》の大群も見ものであった。

しかし盆踊りの見物人には、だれもが喜べるような名所はほとんどないのである。

「近場でなんとか、人を集められるようにできぬものか」

「名所を簡単に作る訳にはまいるまい」

その話が出たおり、讃岐が松本の作蔵に相談してみるか、と言ったことがある。作蔵は讃岐が同人である九日会の宗匠なので、話もしやすいし忌憚《きたん》なきところが聞かせてもらえるだろう、との腹積もりであった。

「なにしろ松本には、各地からさまざまな者どもが集まるからな」

「それは、園瀬に行くなら松本を頼れ、と言われておるほど面倒見がいいからであって」

「そうではなくて、武士以外の者が、なにをおもしろがり、なにに興味を抱くか、その辺りを聞けるのではないかと思うのだ」

「それはいいかもしれない」

なにしろ初代藩主の大工事完成を祝っての無礼講が、園瀬の盆踊りという名物を生み出したのである。思いもかけない案が生まれるかもしれなかった。

「ということであれば、盆がすぎたら松本の作蔵に相談してみるとするか」

やはり園瀬では、盆を中心に一年が廻っているのである。

七

「明日が宵日という多忙なおりに集まってもろうた。特に町方の相田には、あわただしきところ相すまぬ」

讃岐が集まった男たちを労った。相田のほかは源太夫、柏崎数馬、東野弥一兵衛である。

「いえ、手配りや確認などはすべて終えておりますれば」

同心の言葉に中老芦原讃岐はうなずいたが、おだやかな中にも、その顔には厳しさがにじみ出ていた。

「わしのほうから伝えることが一つある。以前の集まりで柏崎が、防ぎようがないと長嘆息したことがあった」

「そう申されるということは」

と言ったのはその数馬である。

そのおり讃岐が、考える手はないでもないが上が首を振るであろうか、と自問自答のようなつぶやきを漏らしたのを、源太夫は思い出した。

「たしかにあまりにも取り留めなく、戸惑うばかりであろう。中間小者らを警備に出すことにしているが、いざとなれば役には立たん」

「だからと言うて武士が替わる訳には、あるいはともに立つことなんぞできまい。そのまえに」と、源太夫が言った。「定めは遵守せねばならぬからな」

「家老になられたばかりの一亀さまが裁許奉行に落とされたことは、知らぬ者はおらぬ」

源太夫は、なにを言い出すのだという顔になった。それは周知のことである。警備の話とどんな関連があるのだと思ったが、なければ讃岐が話す訳がない。

そんな源太夫の胸中を読んだように讃岐は苦笑し、おもむろに続けた。

「武家には許されぬ盆踊りの見物どころか、踊ってしまったのだから、処分を受けて当然である」

それも周知のことである。

「本当のところを言えば、踊るまえに見物されておるのだ、一亀さまは」

それは源太夫も知らなかったし、ましてやほかの者が知る由もない。

「口外無用であるぞ。ま、当然だがな」

讃岐はにやりと笑った。だれもが戸惑うような言い方である。

「羽織師の幸六《こうろく》という者が、呉服町に仕事場を持っておってな。幸六はじめ職人たちは踊りに出掛けた。一亀さまは灯を消した仕事場の闇、格子の後ろから踊りを見ておられた」

「ということは」

弥一兵衛が射抜くような目で讃岐に迫った。

「そういうことだ」

つまり踊りのあいだは徒歩《かち》の連中、槍、弓、鉄砲の組士たちを、商家や職人の仕事場の闇に、分散させて潜ませることになったのである。

「本日ようやく決まった。絶対禁止の定めに関わるだけにさすがに難航したが、一亀さまの説得が効いた」とそこで讃岐は相田に言った。「そういうことでな、城野どのの指示を受け、実際のやりかたについて相談してくれ」

町奉行の城野峯之助は中老格の物頭なので、讃岐とはほぼ同格である。

「かしこまりました。ではこれにて失礼いたします」

相田は讃岐に、続いて源太夫たちに会釈《えしやく》して退《しりぞ》いた。

「大儀であった」

同心の足音が完全に消えてから、讃岐が改めて三人に語り掛けた。

「町方に話すことではないのでな」

さてなにが飛び出すのだろうと、だれもが神妙な顔になった。

「武士の中にも見物したき者はおろう。許されるなら踊りもしたかろう」

「なにを申されます」

真顔で言ったのは弥一兵衛である。藩士に昇格するまでは讃岐の家来だったので、当然かもしれない。

「そう、引き攣《つ》った顔をするな。ここだけの話だ」

「それはわかっておりますが」

「稲川一派を油断させるために踊ったと、一亀さまは申されておる。頬被りをして踊ったのが発覚し、座敷牢に入れられた中老がいたという話を思い出されたらしい」

ところが踊っているあいだに、あまりの楽しさに頬被りが解けているのに気付かず、屋敷に出入りしている植木職人に見られてしまったのである。

初代藩主の決めたことには逆らえぬが、このような楽しみを味わえぬとは味気ないものよ、と讃岐には言ったそうだ。

「徒歩の組士には、これといって楽しみもない。踊るのは叶わぬまでも、せめて見るくらいは見せてやろうとの、一亀さまの温情だろうよ。見物客を守るという、ちゃんとした名目もある」

「町方に話すことではないというのは、そんなことではあるまい」

数馬と弥一兵衛の気持を忖度《そんたく》して、源太夫は讃岐に話題を変えさせた。それがわからぬ中老ではない。

「気にしておる者もいるであろうが、今年になってから新野さまが商人、それも大店や老舗《しにせ》のあるじたちと会合を持たれておる」

新野の名が出たので、源太夫には数馬が緊張するのがわかった。

「これまでの例を出すまでもなく、老職、それも筆頭家老が商人と接触されるのは、好ましいこととは言えない」

用があれば呼び付ければいいが、商人に関する件であれば筆頭家老の出番ではない。勘定奉行など関連の役職がおこなう。

新野は下城後、それも五ツ（午後八時）などという時刻に、料理屋の離れ座敷で会っているとのことであった。

まず初代藩主の園瀬入りに従った老舗の近江屋だが、これまでに賄賂《まいない》を使って老職に取り入ったなどということはない。なんでも、商人は誠実であれ、堅実であれ、信用第一と心得よ、との家訓があり、それがちゃんと守られているとのことだ。

あるじの吉右衛門は青山の俳号を持ち、讃岐とおなじ九日会の同人である。会では次席家老の一亀や、中老の讃岐、またほかの重職ともよく語りあっているが、常に俳諧についてであった。商売を話題にしていることはついぞない。

商人から相談を受けるとか、助言をもとめられると応じているものの、自分から話しかけているのを見たことはないとのことだ。

「次にカネヤだが、莨の専売の元締めなど、稲川との癒着で斬首された加賀田屋の仕事の、かなりの部分を引き継いだ。次男坊の銀次郎が九日会に入ったので、いよいよ動くかと思うたが、その気はあっても思うようには動けぬ」

そこで讃岐は、源太夫をほかの者より四半刻（約三十分）早く呼んだときに話した内容を、数馬と弥一兵衛に掻い摘まんで話した。

「カネヤの戌亥は、金太郎に自分のあとを、つまり百姓と莨専売の元締めをやらせ、銀次郎に加賀田屋から引き継いだ莨以外の商売をやらせる気らしい」

そのような調子で讃岐は、新野が料理屋で会った商人の主人、材木商や藩外と取引のある問屋などの名を挙げていった。

「わしには新野さまが、なぜそのようなことを続けるのか、その意図がわからぬゆえ、そのうちに伺うつもりでいた」と、そこで一息入れてから讃岐は続けた。「延び延びになっておったので、盆の騒ぎがおさまればと考えていたところ」

またしても盆が終われば、である。

源太夫と話しているとき、奥歯に物が挟まったようなもどかしい話し方をしたのはそのためか、とかれは思い当たった。

「実は一亀さまから、思いがけぬことを聞かされてな」

新野が商人たちに次々と会ったのは、一亀が持ち掛け、二人がよくよく話しあった上でのことだという。

稲川の失脚で筆頭家老が安藤備後に替わると、次席となった一亀と家老に昇格した讃岐は、直ちに莨専売に関する監査体制を作りあげた。ところがその他の件に取り掛かっているうちに、安藤が不正を働き、処分されたのである。

新野が筆頭家老となってからは、監視体制は立派にその機能を果たしている。商人たちも仕組みがすっかり変わり、重職に取り入ることが困難になったことを、身に染みて感じているはずであった。

「新野さまが筆頭家老になられて五年が経ったので、商人が分をわきまえて誠実にしているかぎり、藩として篤《あつ》く遇するが、いかなる罪も見逃すことなく、厳しく罰すると釘を刺すことにしたのだそうだ」

　そのため藩費による接待にして、商人には金を出させていないとのことである。讃岐はさぞかし胆を冷やしたことだろうと、源太夫はその胸中を察した。婉曲にであっても、その辺りを指摘でもしようものなら、「藩政を正すために、ともに闘ってきた同志を信じられぬばかりか、そのような目でこのわしを見ておったのか」と言われかねない。

　お盆のために救われたも同然であった。

「ということで、岩倉の言った四つの雷のうち、三つまでは恐れがなくなった」

「なんですか、四つの雷とは」

　数馬が怪訝な顔をしたが、弥一兵衛もおなじような顔をしている。

「最初の雷が打ちあげられてほどなく、新八郎がこう言ったのだ」

　讃岐は気が置けない者をまえにすると、源太夫を道場仲間だったころの名で呼ぶ。

「一つ、御公儀隠密。二つ、重職に取り入ろうとする商人と重職の変質。三つ、第二の加賀田屋にならんと企むカネヤ。四つ、莨を特産にしたいとねらう隣藩」

　讃岐は余程気にしていたらしく、何度も胸の裡で繰り返しでもしたものか、正確に覚えていた。

「まだあるかもしれんな、と脅したが、今のところ第五の雷は心配なさそうだ」

これに関しても、二人には説明が必要であった。概略を聞かせてから讃岐は言った。

「四つ目は早く消え、二と三は今の話で根拠がなくなった」

「残るは最初の御公儀隠密だが」

源太夫がそう言うと、讃岐はおおきくうなずいた。

初代藩主の園瀬入り後、大掛かりな普請である大堤防工事と、城郭の修復や櫓の新築などの作事に関しては、幕府の許可がおりているので問題はない。

もっとも危険だったのは、先の稲川の件であった。筆頭家老を処分しなければならぬのは、監督不行き届きであり、藩主を始め老職に重大な責任があることになる。

稲川処分後、江戸御留守居役だった荒俣彦三《あらまたひこぞう》に替わり、そのあとを継いだのが古瀬作左衛門である。それまでも、実際は古瀬がその役目を務めていた。

十二代藩主は斉雅の三つちがいの兄斉毅が継ぐはずであった。

病弱で書を繙く《ひもと》ことが好きだった弟の斉雅とは逆に、斉毅は豪放で武芸にもすぐれていた。ところが、野駆け中の落馬で急死したのである。八尺（約二四二センチ）ほどの小川を飛び越えようとしたとき、驚いた水鳥が飛び立った。そのために馬が踏み切りの位置を誤ったのか、着地をし損じて前脚を折り、投げ出された斉毅は岩で頭部を強打して即死した。

　斉毅を不慮の事故で喪った衝撃がおおきすぎたのだろう、今度は父の治明《はるあき》が病臥、しかも急激に悪化してほどなく世を去った。治明は斉雅に、藩主としての心構えや注意、そのほかさまざまな事柄を教える時間がなかったのである。

　そのため筆頭家老の稲川八郎兵衛に、後見として息子を守《も》り立てるよう頼まざるを得なかった。そこを稲川に付けこまれたのだが、古瀬はその辺りは曖昧にしながら老中に懸命に藩の事情を訴えた。

　古瀬の話の持って行き方が奏功し、難は免《まぬか》れた。

　すでに九年の歳月が流れたので、いまさらそれに関する処分は考えられない。

　側室の子である兄の九頭目一亀と、正室の子である現藩主九頭目隆頼の仲は極めて良好で、お家騒動の気配など微塵《みじん》もなかった。

　主流派と反主流派はあるだろうが、対立といえるほどのものは起きていない。ほかの藩に比べれば極めておだやかだと言っていいだろう。

　徳川将軍家では初代家康《いえやす》、二代秀忠《ひでただ》、三代家光《いえみつ》までは、頻繁に改易《かいえき》や所替えをおこなった。例えば秀忠は生涯に二度、身内を改易に処している。家康の六男すなわち異母弟の松平忠輝《まつだいらただてる》と、兄結城秀康《ゆうきひでやす》の長男松平忠直《ただなお》だ。特に秀康を祖とする越前福井《えちぜんふくい》松平家は、徳川御家門《ごかもん》の中でも「制外の家」として特別の扱いを受けていた。身内である忠直でさえ改易にしたのだから、ほかの大名家は震えあがったものである。

藩主の不行跡やお家騒動を理由に取り潰しをおこなったのは三代家光までで、以後は各藩の自治を尊重するようになった。つまり問題を起こすことなく、おだやかに治めてさえいればそれでよいとの方向転換である。内部からの告発があっても、その程度で改易にはせず、むしろ調停をするようになっていた。

その点からも、普通に考えるかぎり、園瀬が御公儀に目を付けられる理由は考えられないのである。

「常に見張っておるぞ、との牽制だけかもしれん」

讃岐が薄く笑いながら、本気とも冗談とも取れる言い方をした。源太夫もおなじように薄笑いを浮かべたが、こちらは首を横に振った。

「楽観しておると火傷《やけど》するぞ」

「その気なら、一気に押し潰しにかかるだろう」

「それがこの盆と考えたほうが、後悔せずにすむと思うがな」

凪は今日までで、明日からは吹き荒れる嵐となるのか。

それとも凪のままでなにも起こりはせず、園瀬藩そのものが御公儀に肩透かしを喰らわされる、ということかもしれない。そのような肩透かしなら、おおいに歓迎するのだが、いくらなんでもそうはいくまい。

第四章　嵐

「権助にたのみたいことがあるのだが」

一

陽が当たり始めたので、権助は唐丸籠を木陰に移していた。軍鶏は暑さに弱いので、絶えず気を付けてやらねばならない。

権助は立ち止まったが、すぐに歩き始めた。籠を少し持ちあげ、軍鶏をゆっくりと導く。

「およしください。権助こうせよと、命じてくだされば喜んでいたします。それとも、厄介だとか、てまえにしかできぬとか」

「両方だ」

「もちろん、やらせていただきますが、一体どのような」

言いながら権助は、柿の樹葉が作った蔭に籠を置き、上に重石を載せた。

「亀吉とサトを、盆踊りに連れて行ってもらいたい。宵日と初日の二日間《ふつか》」

「でしたら、二人の好きにさせてやればよろしいのでは」

「他人《ひと》の子を預かっているのだ。怪我などさせては、親に申し訳なかろう。それに今年は二度にわたる雷の件もあるので、大人が付いていてやらんとな」

武士には見物が禁じられているので、権助にたのむということなのだ。

「そういうことでしたら」

小銭を入れた紙包みを手渡すと、忠実な老僕はわずかに首を傾げた。

「夜店も出るであろう。子供のことだ、あれこれ欲しがるやもしれん」

「ではお預かりいたします」

「おまえの酒代《さかて》も入れてある」

「恐れ入ります」

頭をさげて権助は受け取った。

みつが、あらかじめ亀吉とサトに伝えておいたのである。盆のあいだは「ちいさな学び舎」を休み、仕事もしなくていいことを。そして続けた。

「ですからね、泊まりがけで実家《さと》に帰っていいです。親に顔を見せて安心させ、お墓参りをしてきなさい。親兄弟といっしょに盆踊りを見物するのもいいわね」

二人は「どうする」とでも言いたげに、思わず顔を見あわせた。サトはうれしそうな顔になったが、亀吉は少し考えてから言った。

「サトは去《い》んだらええ」

「亀ちゃんは去なんの？」

「生き物《もん》相手に休みはない」

「世話は権助がやってくれます」

「ちょっと減ったけんど、ほれでも今は二十八羽おる。年寄り一人では大変じゃ」

成鶏と若鶏で常に三十羽前後、雛が続いて孵ると四十羽を超えることもあった。

「年寄りなどと言っては権助が怒りますよ」

「面と向こうては、師匠とか権助はんと言うとります」

「気持はわかるけれど、権助も長年世話をしていますからね。お盆のあいだは鶏合わせも味見もないそうだから、ゆっくりやれば大丈夫ですよ」

「権助はんの弟子になって軍鶏の世話するようになったとき、生き物相手やけん、盆も正月もないがええんかと言われた」

「それはきっと、仕事の厳しさを言いたかったのだと思いますよ」

「ほなけんどわしは、うん、ええです、と言うた。男がそう言うたからには、守らんといかん」

ときどき背伸びした言い方をするので、みつは笑いを堪《こら》えるのに苦労することがあった。

亀吉には帰りたくない理由があるのを、みつは知っている。権助の弟子になって軍鶏の世話をしたいと言ったため、しばらく青痣《あおあざ》が消えぬほど、兄の丑松《うしまつ》に殴られたことがあったのだ。

「わかりました。では、こうなさい。宵日と初日の二日間は、サトと亀吉は権助に盆踊りに連れてってもらいなさい。お小遣いもあげますからね」

サトは顔を輝かせたが、亀吉は表情を変えない。

「サトはお盆の二日目は家にもどって、泊めてもらいなさい。三日目はお墓参りをして、泊めてもらいなさい。その次の日の夕方までにもどればいいです」

サトがうれしそうにうなずいたので、みつは亀吉に顔を向けた。

「亀吉は二日目か三日目、朝、軍鶏の世話が終わったら家に帰り、お母さんとお兄さんに元気な顔を見せて、お墓参りをしてきなさい。夕方の餌を与える時刻に間にあえばいいですよ」

渋々という感じで亀吉はうなずいた。

「お家《うち》の人といっしょに食べてもらうよう、お土産《みやげ》を持って帰ってもらいます」

そんなことがあったので、源太夫は権助にたのんだのである。

そして宵日になった。

園瀬の城下には数日まえから次第に見物客が集まり、旅籠の多い要町辺りは騒がしくなり始めていたようだ。しかし道場のある堀江丁は、普段と変わることがない。

当日になると、宿や店の者に薦《すす》められてだろう、多くの客が踊りまでのあいだ、大堤防の散策に出掛けた。そぞろ歩きしながら、城山辺りを眺めてすごすのである。

武士の監督は目付の役目だが、庶民が対象の町奉行所はお盆のあいだも門を開けている。当然、手代、同心をはじめ町方は仕事に励んでいた。

相田順一郎たち町奉行所の面々は、朱書きや朱線を引いた人物を中心に、いろいろと確認をしているはずである。また、常夜灯の辻を中心に怪しげな人物がいないか、見張っていると思われた。

だが、炙《あぶ》り出すのは困難、いや不可能ではないかと源太夫は思っている。御公儀隠密が絡んでいるとすれば、町方の動きに気付かぬはずがない。次第にその思いが強くなっていたが、懸命になって探索している相田や町方の者に言える訳がなかった。

中老の芦原讃岐は徒歩《かち》の組士を商家、職人の仕事場、あるいは一般の民家の暗闇にも潜ませると言っている。人知れず、少人数ずつを動かす気らしいが、察知される、いや、すでに気付かれていると考えたほうがいいだろう。

岩倉道場は藩士のためのものなので、盆であっても休まない。

盆のあいだは藩校「千秋館」が休みなので、朝から年少組の黄色い声が溢れる。藩士の数も通常より多く、賑わいを見せた。

鶏合わせや味見がないこともあって、源太夫はほとんどを道場の見所に坐ることになる。そして半眼になり、熱気を濃淡で感じ取りながら指導し、ときには叱り、自分から竹刀を執ることもあった。

熱気が籠《こも》るので武者窓を開け放ってあるため、竹刀を打ちあう音や、気合い声が庭にいても盛大に聞こえた。

庭では権助と亀吉が、軍鶏の世話に余念がない。

盆踊りが見物できるというので、サトは朝からそわそわと落ち着きがなかった。盆のあいだは仕事をしなくていいと言われていたが、使い走り以外はほとんど外に出ないサトには、話のできるおなじ年頃の下女仲間もいない。

そのため、軍鶏の世話をする亀吉のあとを付いて廻るのであった。

「亀吉は踊り見たことあるん。なあ、踊りの見物したん。うちはな、在所でな、お寺さんの庭やけんどな、踊ったことあるん。輪になってな、みんなでな、踊ったんよ」

「うるさいやっちゃなあ、仕事中やぞ」

「ごめん」謝りはするが、長くは続かない。「ほなけんど、仕事しとっても、踊りが気にならんで？　なるんだろ」

「あっち行って、武蔵にでも遊んでもらえ」

自分の名を言われたからだろう、どこにいたかわからなかったが、武蔵が吠えながら駆け寄って来た。

「こんじょわる」

意地悪と亀吉に言いながら、サトは犬の頭を撫でてやる。武蔵の体毛は明るい茶色をしているが、四本の脚先と尻尾の先端だけが白かった。武蔵はその尻尾をしきりに振ってサトに甘えた。

昼前になると、みつは庭に大盥《おおだらい》を出して水を張った。

夕刻の軍鶏の餌は、朝の半分から三分の一くらいで、消化の良いものを与える。亀吉と権助が餌をやり終えると、みつは市蔵と幸司、そして亀吉を大盥で行水させた。

「お湯の加減はどう」

「熱うッ」

幸司が驚きの声を発すると、市蔵が兄貴ぶって言った。

「熱いのは上だけだ。混ぜたらよくなる」

　亀吉が湯を掻き混ぜた。

「ちょうどええ微温湯《ぬるまゆ》になりました。市蔵若さまからどうぞ」

「よし」

　言うなり市蔵は真っ裸になった。

「飛びこんだらいけませんぞ、市蔵若」権助が注意する。「底が抜けてしまいますでな」

　盥に入った市蔵は、両手で掬《すく》った湯で顔を洗い、胸や肩にかけて汗を洗い流す。湯が陽光を反射して眩《まぶ》しい。いかにも気持よさそうなので、幸司が裸になって足踏みしながら、兄を急《せ》かした。

　稽古を終えて着替えた弟子が、それを微笑《ほほえ》みながら見、床几に腰をおろした源太夫にあいさつして帰って行く。

　うらやましそうに見ていた年少組の少年剣士が、突然、駆け出した。屋敷に帰って、自分も行水したくなったのだろう。

　市蔵がおもしろがって幸司に湯水をかけると、飛沫《しぶき》が輝いた。

「だめです。幸司若。底が抜けます。順番ですぞ」

権助が、飛びこもうとした幸司の肩を摑もうとしたが、するりと擦りぬけてしまった。

「軍鶏の行水を見たことがあるでしょう。そんなことでは、軍鶏に笑われますぞ」

「権助の話は、なんでも軍鶏に行きつく」

幸司は飛びこまずに、市蔵に湯を掛けた。市蔵が反撃し、兄弟が湯を掛けあう。

「あとの者が入れませんぞ。市蔵若、早くすませて替わってあげなされ」

市蔵が出るのを待っていたように、幸司が入った。やれやれというふうに権助は姿を消した。

亀吉が市蔵に手拭を渡す。みつが縫いあげたばかりの浴衣が、縁側に置かれていた。市蔵は新しい浴衣を着ると帯を結んだ。

権助が湯と水を入れた桶《おけ》を両手に提げて現れ、そして補充する。

「おまえも使わせてもらえ」

幸司が盥から出ると、権助が亀吉にそう言った。

男の子たちが庭で行水しているあいだに、みつはサトに湯殿で行水させた。女の子なので、さすがに庭でという訳にいかない。

ぬるくなった残り湯を捨て、あと片付けを終えた権助に、みつが行水するよう声を掛けた。

みつがこの日のために縫った浴衣は、おそろいであった。

市蔵と幸司は、男の子らしく蜻蛉《とんぼ》の図案である。おおきな目玉、長い胴、そして四枚の羽根、そんな蜻蛉が無数にちりばめられた、鮮やかな色の藍染《あいぞめ》であった。

亀吉とサトもそろいだが、こちらは松葉模様で色ちがいであった。亀吉は藍でサトは紅である。権助も藍の松葉であった
早めに食事を終えると、みつが買っておいた下駄を履き、団扇《うちわ》を手にかれらは踊り見物に出掛けた。帯も手拭いも新品である。

権助と亀吉の下駄は白木だが、サトは女の子らしく赤い鼻緒の黒い塗り下駄だ。

権助が団扇を帯の背に差すと、サトと亀吉が左右から手を握った。

「孫の守りをする爺さんにしか、見えんでしょうな」

権助が照れたような、ぼやくような調子で言った。

みつが笑いながら応じた。

「十年まえだったら、……やはり、爺さんと孫ですよ」

門を出て東に道を取り巴橋を渡ると、鳴り物のお囃子が呼吸でもするように聞こえる。常夜灯の辻の上空が明るいのは、篝火《かがりび》が焚《た》かれているからだろう。三人の歩幅がちがうので、微妙にずれたりそろったりする下駄の音が、軽快で耳に心地よい。

二

亀吉とサトの手を握っていると、二人が浮き浮きしているのがよくわかった。関心を示したり、驚いたりすると、握った手からそれが伝わってくる。思わず知らず力が入るようだ。

厩丁で突然、馬が嘶《いなな》いた。握った手に力が入り、サトが体を寄せて来る。日暮れになったのにいつになく人通りが多いので、馬も気を高ぶらせているのだろう。鼻を鳴らしたり、羽目板を蹴ったりして騒がしい。

常夜灯の辻で焚かれる篝火が、人垣越しにちらちらと見え始めた。気が急くのだろう、亀吉とサトが権助を引っ張るように先へ先へと進む。入り乱れて聞こえるお囃子の鳴り物が、次第に大きくなったからだ。

宝珠まで二間（約三・六メートル）もある御影石造りの常夜灯は、庵治《あじ》石の緻密な肌が篝火を受けて輝いている。

火袋《ひぶくろ》がほのかに明るかった。赤々と篝火を焚いているので、灯すのは意味がないようにも思えたが、常夜灯である以上は消す訳にいかないのだろう。

常夜灯は辻の南西角にあるが、北東の角には火の見櫓が立っている。その櫓が燃え盛る火に照らされて、夜空に浮きあがっていた。

「ようけな人」

雑踏《ざっとう》振りに驚いたサトが、思わず声を漏らした。

「手を離したらあかんぞ」と権助がサトに言う。「サトは可愛いんで、攫《さら》われてしまう」

権助の手を握る手に力がこめられた。反対の手が細かく震え、亀吉の笑いが伝わる。

辻の広場は人垣に取り囲まれて見えないが、ときおりドッと笑う声や、拍手が起きたりするのは、まだ連では踊らず、個人が試し踊りをしているのだろう。

鳴り物もそろっていない。鉦、笛、そして締め太鼓に大太鼓、三味線がそれぞれ勝手に音を出していた。

亀吉が背伸びをし、首を振りながらあちこちを見渡すのは、人垣の薄いところを探しているらしかった。権助を握った手に力を入れると、「ついて来て」と言ってぐんぐんと引っ張る。

「ごめんなして、ごめんなして」

謝りながら、亀吉は人垣を縫うようにしてまえへと権助を引っ張る。サトが続く。

「なんじゃ、この子は」

「ごめんなして。すまんことで」

と、詫びるのは権助である。

「わ、眩しい」

一番前に出た亀吉が思わず言った。辻には東西南北と中央で篝火が焚かれ、辻番が薪《まき》を投げ入れたところであった。火の粉が派手に舞いあがる。蛾《が》が何匹も炎の上を舞っていた。

一斉に見あげた顔が、炎の反照で赤々と輝いている。気分が一気に高まった。それを待っていたように鉦が連打された。

「そーら、園瀬の盆踊りの始まりじゃ」

大声を合図に鳴り物が調子をあわせて鳴り響き、大通りの東から最初の連が常夜灯の辻に踊りこんで来た。

待ちかねていた見物人たちから、歓声と拍手が沸《わ》きあがった。

先頭が十人くらいの子供、次が二十人ほどの娘、そして十五人ばかりの男、それと鳴り物で構成された連である。

まず子供たちが踊り出た。そろいの浴衣に豆絞りの捻《ね》じり鉢巻、底を刺し子で補強した白い踊り足袋《たび》という出で立ちである。稽古を重ねたのだろう、どの子も動きが軽快で滑《なめ》らかであった。

子供の踊りを見守りながら、娘たちが並んで手拍子《てびょうし》を打ち、男たちは団扇を振って調子を取っていた。

動きに変化が出た。一人の少年を残して、動きがゆるやかになったのである。さあ、この子を見てください、ということのようだ。

熟練した大人にも負けない踊りで、手の振り、足の運びが軽妙であった。表情がいい。忘我の域にいて、恍惚《こうこつ》としているように感じられた。

そして次の少年に移る。先頭を切って登場した連だけあって、子供たちの技量もたいしたものであった。観客の視線を自分一人に集めることができるし、観客がなにを見たいかも心得ているようだ。自分のどこを見てほしいかも知悉《ちしつ》しているのだろう、だれもが自信に溢れていた。

おおきな仕種《しぐさ》で伸び伸びと舞うように踊る少年もいれば、腰を落とし、ほとんどその場を動くことなく、ちいさな身振りで喝采《かっさい》を浴びる子もいた。そして、もう少し見たいと思わせるころ次に替わるのである。

最後の少年の踊りが終わりに近づくと、いつの間にか、ごく自然にほかの少年たちが加わっていた。

お囃子が少しずつ速度を速めていく。段々速くなる。少年たちの動きが瘧《おこり》にでも罹《かか》ったように、不自然と思えるほどの狂いを見せたと感じた瞬間、ピタリと静止した。爆発的な拍手と喝采が広場に溢れた。ゆるやかに踊りながら少年たちがさがると、替わって娘たちが登場した。

子供でさえあれだけの踊りを見せたのだからと、観るほうも期待せずにはいられないようだ。熱い目を娘たちに向けている。

思いを裏切らない優雅で嫋《たお》やかな動きで、娘たちは観客を魅了した。

まえを深くしてうしろをあげた鳥追笠をかぶると、それだけで夜目、遠目、傘（笠）の内という、女性が美人に、魅力的に映《はえ》る条件が整うのである。

そろいの明るい橙色《だいだい》をした浴衣で、襟の色は濃くし、片肌を脱《ぬ》いで右半身は花色の長襦袢《ながじゅばん》を見せる。蹴出しは、明るく初々しい桃色と華やかだ。下駄は黒漆塗りで鼻緒は赤、白い足袋が映える。これだけでも、土産話となるはずだ。

娘たちは独り踊りをしない。組踊りで多彩さを味わってもらうほうが、自分たちの魅力が生きるし、観客にも楽しんでもらえるからだ。

十人ずつが二列になり、正面を向いたままその場で踊る。なにかきっかけがあるのだろうが、一斉に右に向く。ゆるやかに腕を振りながら、塗り下駄の先端で地面を叩いて軽快な音を刻む。正面に向き、次に左に向く。そして正面に向きなおると静かに歩を進める。

辻の広場、取り囲む観客のまえで輪を描くと、次に二十人が長い一列になり、前半の十人が一斉に半回転した。十人ずつが向きあった格好だ。だれかが合図を送っているはずだが、それは娘たちにしかわからない。

その合図で、娘たちは互いに前からくる者を縫いながら踊る。流れるような動きで、観客のあいだから溜息がもれる。それが終わると全員が半回転し、おなじ踊りを見せた。

半回転すると、橙色をした浴衣と薄い藍の花色の襦袢が一瞬で入れ替わる。回転と半回転の組みあわせで、色が目まぐるしく変わるのだ。

次は五人四列となり、一列置きに右と左にわかれる。一糸乱れぬ踊りを見せながら、すれちがい、半回転して再度すれちがう。

ぴたりと静止したときには、奇数列と偶数列では一人分ずつずれ、娘たちの間隔が空いている。理由はすぐにわかる。今度は左右ではなく前後にすれちがうのである。

回転するたびに色の変化が楽しめる。

前後と左右のすれちがいを繰り返すと、娘たちはおおきく拡がって巨大な円を描いた。

鳴り物の調子が変わって、それまでの小気味よさからは、間が抜けるほどゆっくりとなった。それにあわせて娘たちが輪を縮める。輪がちいさくなるにつれて、囃子の鳴り物が速くなっていく。踊りも速くなる。

観る側の期待が徐々に高まる。輪がちいさくなる。囃子が速まる。踊りが速くなる。徐々に、段々と、次第にそれが加速して行く。

娘たちがひと塊《かたまり》になったと思うと、鳴り物が一斉に鳴り響き、娘たちが空に手を差しあげた。鳴り物が止んだ。広場が静寂《せいじゃく》に支配された。

離れた辻や大通りで踊る連の鳴り物が、のんびりと聞こえてきた。

これが園瀬の盆踊りか。

われに返っただれかが、拍手すると、喚声《かんせい》と拍手が沸きあがった。指笛を鳴らす者もいる。

我慢に我慢を重ねていた男たちが、飛び出して行く。全身が熱気を放っている。娘たちへの称讃《しょうさん》の拍手が、男たちへの期待の拍手に替わる。

おおきな動きで飛び跳ね、一人で空間を独占して踊る男。自由奔放《ほんぽう》、好き勝手、むしろ無茶苦茶に見えるほどだ。ところが見ていると、動きの切り替えが計算され尽くしたものであるのがわかる。緩急《かんきゅう》が付けられ、流れがあるのだ。そのため、目が踊りを追い続けても飽きがこない。自分がいっしょに踊っているような気にさせられる。

太鼓腹の巨漢が、団扇を持った右手となにも持たぬ左手を、腹の辺りでちいさく動かすだけで拍手を受けている。腕を振りあげることもなければ、腰を落とすとか膝を曲げることもなく、むだな動きを一切排除して、淡々と踊る。笑顔がいい。いかにも楽しくてならぬと、観る者のだれもが感じることができる。喜びを共有させてくれるのである。

一組で踊る二人の若者。中肉中背のよく似た体付きで、ともに整った顔をしている。向きあって、まるで鏡に映ったようにおなじ動作を、いや、実際には逆なのだが、それを感じさせることなく踊る。離れたり近付いたり、左右に揺れ動いたりもするのであった。相似と反転が、観る者に奇妙な錯覚《さっかく》を与える。踊り手とおなじように体を動かし、いつの間にかいっしょに楽しんでいるのが感じられるのだ。

顔だけで不可思議な感動を与える者もいる。尖らせた唇を突き出し、寄り目になって、面のようにまるで表情を変えない。踊りがゆっくりでも、速くなっても、常におなじヒョットコ顔である。じっと見ていて吹き出した見物人が、しばらくしてもまるで変化がないので、またしても吹き出す。なにがおかしいのかわからぬのに、なぜかおかしくて、笑いを繰り返すのである。

百人百様だが、自分のなにが観る者を楽しませるか、どうやれば自分の持ち味が生きるか、それを十分に知っているのだ。踊っているあいだに肌で感じ、感じると取り入れて、活かしているのだろう。

だから観る者も、いっしょになって楽しめるのだ。ともに踊っているように感じられるのである。

最初の連が拍手で送り出されると、待ちかねたように次の連が登場し、新たな笑いと感動が生まれる。

次々と現れる踊り手たちを見ているうちに我慢できなくなり、そこかしこで見物人が踊り始める。

だがぎこちない。ちぐはぐだ。指、掌、肘《ひじ》、腕、腰と足、膝と、それはそれらしく動かすことができる。しかし、全身の動きがまとまらない。足の運びに気を取られると、腕の振りがお留守になる。かといって腕に気持が行くと、足がぎくしゃくする。

他所《よそ》からの客だけでなく、園瀬の里人も見物している。見ているうちに自然に体が動き、いつの間にか踊り出している。そしてすぐにわかるのだ、なぜ三月《みつき》もまえから踊りの稽古に励むのか、が。

宵日、初日、二日目、最後の三日目と、四日間教えられて踊りのまねをするだけで、わずかに踊りの恰好《かっこう》ができただけでも楽しい。そうだ来年も見物に来よう。そしてもっと踊れるように稽古をしよう、となるのである。

「楽しいな」と、サトが亀吉にささやいた。「見とるだけでもこなに楽しいんやけん、踊ったらどなに楽しいかしらん」

「教《お》せたろか」

「踊れるん」

「わいは園瀬っ子じゃ」

「うちも踊れるんじょ」

亀吉がサトの手を引いて広場に引き出した。権助がやれやれという顔になる。

「あまり遠くへ行かんようにな。爺の見てるところで踊るのだぞ」

三

満面に笑みを浮かべた男は、町方同心の相田順一郎であった。常夜灯の辻の見物客の中に紛れている。

浴衣に下駄だが、足袋を履いていた。髷を町人ふうに結《ゆ》いなおし、懐には十手と捕縄を忍ばせている。だから団扇は左手に持ち、右手は空けているのだ。下駄に足袋という妙な恰好もそのためである。いざとなれば賊を追わねばならなかった。下駄では満足に走れない。

一人の男、いや一組の男女を、そして身を潜めているはずの、二人の属する一団を警戒し、監視しているのである。男の斜《なな》めうしろで見張りながら、踊りが楽しくてならぬというふうに体を揺らし続けていた。顔中を笑いで満たしているが、目は笑っていない。

その見物客の一団を、宿帳から見付けたのは相田であった。

臭うのだ。

あるじの話では、前年初めて園瀬の盆踊りを見物したとのことである。すっかり満悦して祝儀を弾み、今年の泊まりを予約していた。

藩外からの見物人は、まず親兄弟に親類などの血縁、お店《たな》や町内の気のあった連中、釣りや囲碁将棋、狂歌や川柳などの趣味仲間などがほとんどである。

その一団は江戸者であった。しかも長屋住まいとその友人なのだ。それだけでも引っ掛かるのである。

江戸からの見物客は、大店の旦那や趣味の仲間が何人かで、荷運びの下男を連れて来ることがほとんどであった。

長屋暮らしの連中も来ないことはないが、その場合は三十人から四、五十人で講を組んで毎月一定額を積み立て、お盆になれば五、六人ずつが見物に来るのであった。それならさほど負担でもないし、待っていればかならず自分の番が来る。

臭う連中を年齢順に示すと次のようになる。

茂兵衛《もへえ》。四十九歳。

日本橋通二丁目の紙問屋「小川《おがわ》屋」の隠居で、京橋《きょうばし》南の弓町《ゆみちょう》に町家を買って隠居所にしている。身の周りの世話をする下女を置いて、気楽に暮らしているとのことだ。

作治《さくじ》。三十五歳。

日本橋の書肆《しょし》から錦絵の註文が多い彫師《ほりし》。長谷川《はせがわ》町《ちょう》の浄庵店《じょうあんだな》の住人。

ふで。三十二歳。

作治の女房。旅籠のあるじによると、まるで職人の女房らしくないとのこと。女郎あがりかもしれないと言う。

喬念《きょうねん》。二十八歳。

元僧侶で手習い師匠。南町奉行所の与力斎藤《さいとう》十平太《じゅっぺいた》の、八丁堀《はっちょうぼり》組屋敷の敷地を借りて家を建て、手習い所を開いている。その若さで元僧侶というのは、女犯《にょぼん》のため寺を抛《ほう》り出されたのだろうというのが、宿のあるじの見立てであった。

金太《きんた》。十六歳。

ふでの弟で、齢が離れているのは腹違いのためだ。作治の下で彫師の見習いをしている。長谷川町から遠くない新材木町《しんざいもくちょう》の長屋住まい。

泊まり客の仕事やそれぞれの関係については、なるべく訊いておくようにと町奉行所から達しがあったので、あるじの聞き出したのが、それである。

作治とふでが夫婦。ふでと金太が姉弟、とここまではいい。

茂兵衛と作治は、通油町《とおりあぶらちょう》の書肆で知りあったそうだ。茂兵衛が紙問屋の旦那であったころ、紙の件で主人と打ちあわせていた。そこへ作治が彫りあがった版木を届け、茶を飲んで世間話をしているうちに、意気投合したらしい。

茂兵衛が斎念の手習い所へ、孫を連れて行った。そこでひょんなことから冗談めいた問答になり、いつか酒を飲みながら続きをやりましょうということになった。それ以来の付きあいだという。

そして五人の仲間ができたとのことだ。

盆踊り見物客の、どの型にも嵌《は》まらないのである。嵌まらないから即、怪しいと決め付けることはできないが、相田の勘ではまずまちがいのないところだ。

ただし、園瀬の盆踊りをぶち壊しにしようと企んでいる一味かどうか、まではわからない。

相田たちは、宿を出たかれらの後を跟《つ》けたが、いつの間にか相手はばらばらになってしまった。睨んだとおりだ。遠方から来た見物客は、異郷ではぐれては面倒なので、まず行動をともにする。

それだけでも十分すぎるほど怪しい。といって、尾行に気付いて散ったという気配でもなかった。

相田は作治とふでを追ったが、ふたりだけはずっといっしょである。夫婦だから当然かもしれないが、こうなると一概に夫婦とも言い切れない。

常夜灯の辻に着いた二人は、しばらく一箇所に立ったまま、辻を取り囲む人の輪を見渡していた。見物するのに一番いい場所を、物色しているふうに見える。

やがて見当がついたのか、ゆっくりと蟹《かに》歩きに動き始めた。少し動いては止まり、しばらくすると移動を再開する。

ははん、掏摸《すり》だな。相田にはピンときた。大坂から何人かで組んで稼ぎに来た連中はいたが、江戸からとは、遊山《ゆさん》がてらとしても豪気だ。

去年、思いもしないほど稼げたのだろう。だから宿に祝儀を弾み、予約をして帰ったのだ。

腕を撫《ぶ》して待ちかねていたにちがいない。だがこの相田が知った以上、去年のようにぼろ儲けはさせない。宵日の今夜、ふん縛ってやる。覚悟しろと、相田も負けずに腕を撫していたのである。

名誉挽回《ばんかい》の好機であった。借りは返さずにおくものか。

実は昨年、掏摸に遭ったとの被害の届けはかなり出ていたのである。しかし、注意していたにも拘《かか》わらず、まんまとしてやられ、町方はなにをしていると非難されて悔しい思いをしていた。

一味の二人が目のまえにいる。しかも獲物《えもの》を物色中なのだ。

ところが中々決まらないのか、少しずつ動くことの繰り返しである。

そうしながら、一番まちがいのない時刻になるのを、待っていたのだとわかった。

踊り手も観客も、ときが経つにつれて興奮してゆく。笑い、拍手し、喚声をあげる。常夜灯の辻の広場が、熱狂の坩堝《るつぼ》と化す。鳴り物が耳を聾《ろう》する。

だれもが無防備となる。それを待っているのだ。なにもかも知り尽くし、それだけに腕もいい掏摸たちにちがいない。

おそらく、金を持っていそうな者の数人に目星を付けているはずである。見物人が熱狂するのを待って、何人かから財布を掏り、素早く立ち去るのだろう。一番効率のいいやり方だ。

二人がそっと離れる。大家《たいけ》のご隠居らしい老人の左に作治が、右にふでが立った。

それが最初の獲物なのだ。

辻の広場が、赤や黄、そして桃色、橙色などの明るい色で染められた中に、作治とふでのみが黒く沈んで見える。でなければ灰色だ。恐らく自分も闇のように真っ黒だろうと相田は思った。それを知っているのはかれだけで、作治もふでも気付いていない。

作治がご隠居の腕を摑み、親切ごかした顔でなにかを言う。老人が作治に体を捻じりながら、語り掛ける。作治が耳に手を当て、騒然たる中で相手の言葉を聞こうとした瞬間、ふでが動いた。ご隠居の懐に入ったと思うと同時に出た手を、相田がしっかりと摑んだ。

「掏摸を捕えた。懐中物《もん》にご用心！」

形相凄《ぎょうそう》まじい作治が、脱兎《だっと》のごとく駆けると、雑踏が左右に割れる。いざというときの逃げ道をあらかじめ考えておいたのだろう、もっとも人の少ない寺町の方へと作治は逃げた。

「捕えろ。そいつは掏摸じゃ」

叫びながら、相田はふでが懐から抜いた短刀を振り廻すよりさきに押さえると、懐から出した捕縄で雁字《がんじ》搦《がら》めに縛りあげた。

「掏摸じゃ」

「掏摸じゃぞ。気ぃ付けてな」

「財布は大丈夫かぁ」

「掏られんなよ」

あちこちで一斉に大声で叫んだのは、町方の同心、岡っ引と下っ引たちであった。付近の家の暗闇に潜んでいる徒歩の組士が、おっとり刀で駆け付けるのを防ぐために、対応を指示しておいたのである。

抜刀した大勢の武士が突然現れると、見物客が恐慌を来《きた》すし、大混乱して、怪我人どころか死者さえ出かねない。

なによりも、かれらが本当に警戒している一味に覚られてしまう。それで計画を中止すればいいが、すぐに作戦を変更して裏を掻《か》こうとするだろう。相手にしても、臨機応変にいくつもの手を用意しているはずだ。

逃げたのは作治だけである。ほかの連中はへたに動けば仲間と知れるので、静観しているらしい。それも読んだとおりだ。

「掏摸を捕えたぞ。男の掏摸を捕まえた」

寺町の方角から叫び声が聞こえると、ふでが咽喉の奥で怪鳥《けちょう》の啼《な》くような声を出した。

相田は岡っ引の一人に、ふでを町奉行所の牢にぶちこんでおくよう命じて縄を渡した。かれにはやらねばならぬことがあったからだ。

仲間はほとぼりが冷めるのを待って、素知らぬ顔で旅籠に舞いもどるはずであった。だれかが捕まれば、助けることなど考えず、逃亡するまえに荷物を取りに旅籠にもどる。それを持って散り、決めておいた場所で落ちあうはずだ。

そのまえに捕えねばならない。

最初にもどったのは隠居の茂兵衛であった。

「お早いおもどりじゃねえ」

宿の男衆《おとこし》が驚きもせず、のんびりとした声で言った。

「年取ると疲れていけません」動揺した気配など微塵も見せず、好々爺然《こうこうや》とした顔で茂兵衛は笑い掛けた。「ちょっと部屋でひと休みします。疲れが取れたら、また見物に行くかもしれませんがな」

「お茶、お持ちしまひょで。ほれより、お酒のほうがええかいな」

「それでは茶をたのみましょう。あ、それから帳場に預けたわたしの荷物、持ってきてくれますか。ちょっと出したいもんがありますでな」

茂兵衛はそう言うと、ゆっくりと二階への階段を上って行った。

宿の男が茶と風呂敷包みを持って行くと、茂兵衛は腕枕で横になっていた。

「はい、ありがとさん。そこに置いてくれますか」

「ほな、ごゆっくり」

そう言って部屋を出た男が階段を降り掛けるなり、茂兵衛はがばと跳ね起きた。風呂敷包みの結びを解くと、懐の物をいくつか入れて素早く結びなおした。続いて几帳に掛けられていた細紐を取って、風呂敷包みの結び目に通して縛り付けた。

茂兵衛が包みを手に猫間障子を開けようとしたとき、背後で声がした。

「そこまでだな。窓から荷物をおろして逃げようとの腹だろうが、下で手の者が待っておる。逃げられぬぞ。神妙にしろ」

包みを投げた茂兵衛は、懐に手を入れたと思うと九寸五分《くすんごぶ》を抜き、振り向きざまに突っ掛かってきた。とても四十九歳とは思えぬ敏捷さだ。相田の十手がその手首に、目にも留まらぬ速さで一撃を与え、短刀を叩き落とした。

逃げようとしたので足払いを掛けると、茂兵衛は音を立てて倒れた。と思う間もなく相田がのしかかり、捕縄の鉤《かぎ》を襟に引っ掛けてぐるぐる巻きに縛りあげた。

背後にいた岡っ引が差し出した手拭で、相田は茂兵衛に猿轡《さるぐつわ》を咬《か》ませた。あとからもどる仲間に知らせぬよう、念を入れたのである。

「縄抜けするかもしれんので、よく見張ってろ。すぐに仲間がもどる」

言い終わらぬうちに、相田は階段を降りていた。

次にもどったのは金太である。平静を装《よそお》っているが、動揺が隠せないでいる。

「まだ、だれももどってねえかい」

宿の男衆に言った声が裏返っている。

「ご隠居がもどったぜ」

ぎょっとして振り返ると、朱房の十手で軽く首筋を叩きながら相田が立っている。

金太はへなへなとしゃがみこんでしまった。むりもない。十六歳の若造なのだ。

縛りあげると猿轡を咬ませ、縄を下っ引に渡した。

ほどなくもどった喬念は、帳場横の土間に立った相田に気付くと入口に逃げようとしたが、そこにも町方がいるので諦めたようである。

「さすがはもと坊さん、悟りが早いな」

喬念は抵抗することもなく縛《ばく》に就いた。

「よし、三人とも牢にぶちこんでおけ。先客が二人いるので都合五人だが、見張りは一人でよいから、あとの者は持ち場にもどれ。おれは常夜灯か要町の辻のどちらかにいる」

相田の率いる町方は掏摸の一味を一網《いちもう》打尽《だじん》にし、前年の無念を晴らして、溜飲《りゅういん》をさげることができた。

しかしそれは余禄《よろく》のようなもので、大事な仕事が待っていた。

四

「よいところに来た。こちらから出向こうと思うておったのだ」

玄関で源太夫が家士に取次ぎをたのんでいると、芦原讃岐が廊下を足早にやって来ながらそう言った。

「とすると」

「以心伝心《いしんでんしん》というやつかもしれん」

にやりと笑った讃岐は、家士に茶を命じ、すぐ酒に変更した。

「なにがあるかわからんので、酒はやめておこう」

源太夫が言うと、讃岐はふたたび茶に変更した。

書院で向きあって坐ったが、どちらも口を切らない。障子を開け放ってあるので、常夜灯の辻や大通りでのお囃子が、ときおり風に乗って、かすかにだが聞こえてくる。

源太夫が堀江丁の屋敷を出たのは、六ツ半（午後七時）ごろであった。常夜灯の辻では踊りが次第に盛りあがりを見せ、相田が作治とふでの背後に貼り付いていた。権助が亀吉とサトの手を握っており、二人が踊り出すのはもっとあと、という時刻である。

落ち着けなかったのは、遠くのお囃子のせいではない。

ついに宵日になり、盆踊りが始まってしまった。源太夫はあらゆる可能性について考えをめぐらしたが、たどり着く結論は常におなじであった。

多人数で乗りこんで来ることは考えにくい。三人から五人くらいが動きやすいし、小廻りも利く。人の目を引くこともない。宿泊客が調べられることにはだれだって思いが至る。そのように考えていくと、どうしてもかぎられてしまうのである。

やはり讃岐に逢おうと、着流しに雪駄《せった》履きで、脇差だけを腰に屋敷を出た。

ちらりと正願寺の恵海と恵山の顔が浮かんだが、お盆なので寺方は猫の手も借りたいほど多忙だろう。碁盤を囲むなどは、ましてや飲酒は考えもできぬはずである。

なにもかもお盆が終わってからだが、さて無事にすんでくれるかどうかだ。

気まぐれな風に蚊遣りの煙が揺れ動く。ブーンという羽音を立てる蚊は、ふてぶてしいのか鈍感《どんかん》なのか、それとも慣れてしまったのか、いささか人を小馬鹿にした感がある。

「蚊遣りをもう一つお持ちしましょうか」

茶を持って来た家士が、羽音に気付いてそう言った。

「いや、いい。わしらが燻《いぶ》されるのはかなわん」

讃岐が苦笑すると、家士は一礼して退出した。

「二人ならともかく、三人となるとまちがいなかろう」

「とすると、一亀さまもか」

讃岐と意見が一致したらしいというだけでも、意外な思いがしたのに、九頭目一亀もおなじ考えとなると、源太夫にすれば軽い驚きではすまない。まったく正反対の結論に達したまてよ、一致したと言いきっていいものだろうか。

可能性も、ないとは言えない。

「ああ、三人寄れば文殊《もんじゅ》の知恵というからな」と、讃岐は確信しているようである。

「相田たち町方が懸命に動いてくれているので、それが功を奏したようだ」

何度もうなずいた。まさに讃岐の言うとおりであった。かれもやはり、おなじ結論を得たのだ。

「宿にしても大店にしても、町方が頻繁に出入りしておれば、見物人に紛れて泊まることはむりであろうし、細工するにも、あれこれ連絡を取りあうにも、どうにも身動きが取れまい」

源太夫がそう言うと讃岐はうなずいた。

「となると、どうしてもかぎられる」

「四半刻（約三十分）で、常夜灯の辻か要町の辻に出られる距離にある古屋敷か」

「農具置きの小屋ということになるな。ほかに隠れることのできる建物や空家はない」

「念のために半刻（約一時間）まで見ておいたほうがいいだろう」

「いや夜のことだ、それはあるまい」

言われてみればそのとおりだ。長い時間、長い距離を動けば、それだけ人目につく。

「それにしても驚きだ。一亀さまも、そのようにお考えとはな」

「だから、それ以外に考えられぬということだよ」讃岐はじっと源太夫を見、そして言った。「新八郎の考えを聞かせてもらおう」

「相田たちの手を割《さ》くことはできん。今でも足りぬくらいだ。わが道場の弟子のうち次男坊、三男坊に見張らせようと思う」

「村役人に報告させたが、当てはまるのは、古屋敷が三軒、農具置き場は十七あるが、数人が潜めるとなると五つだな。あとは狭すぎるとか、農具がびっしり入れられている」

讃岐は家士を呼ぶと、懐から折り畳んだ紙片を出し、それを写すように命じた。古屋敷と農具置き場の位置を記した絵図である。

「使えそうな弟子を選んでおいたが、交代なしとして、双方で八箇所となると十六人」

「二人一組か」

「なにかあれば連絡に走らねばならん」

「明るいうちは動かぬし、動こうとしても動けぬ。日没からだろう。盛りあがる五ツ（午後八時）から四ツ（午後十時）が、一番ねらわれやすい」

古屋敷は、花房川が荒れ川だったころの名残である。たびたびの氾濫のため、百姓たちは小高い丘や、石垣の上に家を建てた。

ところが大堤防ができて、盆地が水浸しになる恐れが消えると、それが却《かえ》って負担になったのだ。毎回、重い荷を運びあげねばならぬからである。

そのため次第に平地に移り、屋敷を新築する百姓が増えた。多くは古い建物を解体して移築したし、新築の場合にはもとの屋敷は取り壊している。

ところが新たに家を建てながら、かつての屋敷をそのままにした者もいた。農繁期の数日だけ寝泊まりし、あるいは一時的な荷物置き場として利用していたのである。

なんとか寝泊まりのできる古屋敷が、三軒残っているという。その一軒のどれかを拠点に、騒動を起こす可能性が高い。農具置き場の見張りは、一人でいいかもしれないと源太夫は思った。

「見張りをさせる弟子たちには、わしのほうからうまく話しておく。二度にわたる雷の打ちあげもあったので、慎重を要する役目だということもよくわかるだろう」

「おまえの道場からでは遠すぎやしないか」

「小高根《おだかね》道場にもたのんでおこう。岩倉道場を本拠とし、小高根の所を連絡場所にする」

小高根道場の前身は、源太夫や讃岐が学んだ日向道場である。主水の養子となった小高根大三郎《だいさぶろう》は、師匠を崇敬するあまり、自分が道場主となっても日向道場で通していた。しかし主水が没して一年後、周囲の声もあって小高根道場に改名したのである。

そこからだと、三つの古屋敷には岩倉道場からよりも、三分の一から半分の距離であった。

「一亀さまからは、どの程度のことを聞いておるのだ」

言われて讃岐はしばし躊躇《ちゅうちょ》したが、それ以上は黙っていられないと思ったのだろう、らしいということではあるがと前置きしてから語った。

「浪人者が五人、こちら、つまり園瀬に向かったとのことだが、すでに着いているかどうかまではわからん」

源太夫は三人から五人と予想していたが、それに合致している。

「どいつも腕は立つそうでな。中でも一人、飛び抜けた凄腕がいるとのことだ。そやつらをまとめているのがいて、どうやらそれが御公儀隠密ではないかと思われる」

藩主家には直属の忍びがいるらしい、と讃岐が言ったことがある。憶測以上のなにかを感じているのだろうが、一亀本人に訊く訳にもいかないので、たしかめようがないのだろう。

「いざとなれば数馬と才二郎、ではなかった弥一兵衛を使おうと思う。明日から三日間、夜は空けておくように伝えようと思うのだが、差支えはないか」

讃岐はしばし考えてから言った。

「ない。ないが、そのときには報せろ」

「当然だ」

「やつらが動くのが、今夜でないことを祈るしかないな」

「では、見張りの手配りはまかせてくれ。数馬と才二郎に伝えてからもどる」

「才二郎改め弥一兵衛だ。やつには、ぜひとも手柄を立てさせてやりたい」

なにを言うのだと思って見ると、讃岐はまじめな顔で言った。

「岩倉道場の師範代だから腕の立つのはだれにもわかっておろうが、藩士になった祝いに箔《はく》をつけてやりたい。華を添えたいのだ」

「おいおい、私情は入れんでもらいたいものだな」

「ここはむりを承知で入れたい。江戸から女房を連れ戻って間もないし、なおさらだ」

「であれば、危険な目に遭わせられんではないか」

「遭う訳がない」きっぱりと讃岐は言った。「なぜなら、軍鶏侍の新八郎が控えておるのだからな」

「予定を変更し、おれ一人でやることにする」

「園どのは身籠っておるのだ」

源太夫は絶句した。小出しにしながら相手を説得する讃岐には勝てたためしがない。

「生まれた子供に、おまえの父上は園瀬の里じゅうの評判になったほどの腕前なのですよ、お腹《なか》にいるときにこんなことがありましたと自慢できる、もっともふさわしく、わかりやすい挿話になると思わんか」

「なぜいつも、そう、わしが反論できぬ方向に話を持って行くのだ」

「新八郎が剣に命を賭けたように、わしは言葉に命を賭けている。言葉のやりとりで簡単に敗れるようでは、わしという人間がいる意味がない」

「中老に対してこんな口を利《き》いちゃならんが、いいから言わせろ。弥一郎、おまえというやつは」

「恵山と言ったか、大村圭二郎時代は、数馬や才二郎だった弥一兵衛とは、岩倉道場の三羽烏と称されたからな。あとで知ったら、さぞや悔しがるであろう」

「恵山は僧だぞ」

「人を救うが出家の務め、と申すからな。悪人と雖《いえど》もぶった斬る訳にはまいらんか」

「お盆だ。寺方はそれどころではない」

「何人かを叩き斬って、多くの民を救う。人を救うが出家の務めであれば、理に適《かな》っているると思うが」

「弥一郎、おまえってやつは」

「二度続くと、ちと、くどい」

　そこに讃岐に命じられて絵図面を写していた家士が、描き終わった紙片を持って来た。讃岐から受け取ると、源太夫は折り畳んで懐に仕舞った。

　中老の柏崎数馬の屋敷は、西の丸の下にある芦原讃岐の屋敷から、さほど離れてはいない。

「まだ動きはないようですね」と、数馬のほうから声を掛けてきた。「用意万端整え、いつでも動けるようにしております」

　東野弥一兵衛の屋敷は少し東、三の丸に近い番町にある。園の懐妊には触れなかった。本人の口から聞くべきだから、待つしかない。それより、今は仕事である。

「もちろん、盆のあいだは終日空けてありますが、やはりありますでしょうか」

「ないに越したことはないが、そうもいかぬようだ」

「五分五分以上ですか」

「九分九厘あると見ている」

「先生の、剣術遣いの勘というやつですね」

「そうだ」

「楽しみにしております」

調練の広場を左に見ながら屋敷にもどると、門の所で権助たちに行き会った。五ツ半(九時)ごろだろう。とすれば、もっとも踊りが盛りあがっている時刻のはずである。

「ご苦労」

源太夫が権助を労うと、横から亀吉が口を出した。

「サトが眠そうな顔をしたけん、しょうがないんで切りあげることにしたんですわ」

亀吉が三歳年上のサトを子供扱いした。サトが口を尖らせてなにか言おうとしたが、それより早く権助が言った。

「常夜灯の辻でちょっとした騒ぎがありまして」

あるいは、と思ったがちがっていた。

「掏摸の夫婦が捕まりましてね。大騒動になりましたが、それも束《つか》の間で、すぐもとにもどりました。さすが園瀬の盆踊りです」

権助がご満悦なのは、途中で一杯引っ掛けたからだろう。瞼《まぶた》が少し赤くなっていた。

いつ連絡が入り、駆け付けねばならぬかと思っていたが、何事もなく朝を迎えることができた。

五

庭に出るとサトが朝のあいさつをした。サトは洗い終わった浴衣を、竿《さお》に干しているところであった。盆のあいだは仕事をしなくていいと言われていたが、汗を掻いた浴衣をそのままにしてはおけなかったのだろう。自分の浴衣だけでなく、亀吉、権助、さらには市蔵や幸司の分まで洗ったようである。

それを見ながら、思わず欠伸《あくび》をしてしまった。やはり緊張していたのだろう、普段より眠りが浅かったようだ。

「おや、お珍しい」権助に気付かれてしまった。「朝から欠伸とは、よく眠れませんでしたか」

「なにが言いたい」

「三回目やけん」

餌箱に餌を落としていた亀吉が言うと、筒に水を注ぎながら権助が付け足した。

「三度ですぞ。餌をやるてまえどもに付いて軍鶏を見廻りながら、欠伸をなさったことなど、ついぞ見掛けませんでしたので」

「あれこれ考えておったのでな。そうか、権助に教えてもらうという手があったのだ。園瀬の生き字引だということを、うっかり失念しておった」

「近頃では、生き地獄と言う人のほうが多いようで」

「冗談ではないのだが」

「失礼しました。ですが、本当に冗談で申したのではありません」

「蚊遣り、蚊燻《いぶ》せだが、それを使わずに蚊を寄せ付けぬ方法はないか」

返辞がないのは、頭の帳面を捲《めく》っているのだろう。

「虫が厭《いや》がる草木はありますが」

「よくないのか」

「恐らく人にも」

「なるほどな。で、どんなのがある」

「まずエゴノキでしょう」

お盆のころの今時分、小指の先ほどの尖った緑色の果実が、無数に枝から垂れさがる。それを集めて押し潰し、桶や鉢に入れて水を注ぐと、細かな泡が立つ。

「その液を溝や池に入れると、泥鰌や鰻《うなぎ》が浮きあがります」

「ほの魚は喰うたらいかん、言われた」

亀吉の言葉に権助はうなずいた。

「エゴノキの実から痰《たん》切りの薬を作るとのことですが、痰が出たので実を煎《せん》じて飲み、吐いたりくだしたりした者がいたそうです」

「そのままでは薬にならんということだな」

「ほれを入れた桶を足元に置いといたら、虫は来んかもしれん」

亀吉がそう言うと権助は首を振った。

「目に沁《し》みたらようないだろう」

「ほかにもあるのか」

「タケニグサがあります。竹といっしょに煮たら、竹が筍《たけのこ》のように柔らかくなると言われています。これはタケニという名前から作ったこじつけでしょう。あの硬い竹が筍のようになる訳がありません」

人の背丈ほどになる草だ。秋になって葉が落ちたあとの茎《くき》が、竹に似ていることから、その名になったのだろう。茎を切って出る汁を、皮膚《ひふ》病やタムシの患部に塗ると、効果があると言われている。

「虫除《むしょ》けに良いそうですが、人によってはかぶれるそうで」

「なら使えぬ」

「藍《あい》はどうですかな」

「出藍《しゅつらん》の誉《ほま》れ、か」

「左様で。青は藍より出でて藍より青し、の藍です」

「おなじことだ」

　葉を摘んで日干しにしたものが藍葉《らんよう》で、葉藍《はあい》とも言う。これを藍床で水を掛けて二、三ヶ月発酵《はっこう》させたものを菜《すくも》と呼ぶ。菜を臼《うす》で突き固めたものが藍澱《らんでん》（玉藍《たまあい》、藍《あい》玉《だま》）、石灰と水を加え、液面に浮いた泡を干したのが青黛《せいたい》、実の日干しにしたものを藍実《らんじつ》と呼んでいる。

　藍葉、藍澱、青黛、藍実は漢方薬として用い、青黛は顔料としても使われる。

　虫刺されには葉をもんで汁を付け、痔疾《じしつ》、切り傷、灸《きゅう》のあとに菜、藍澱、青黛を外用する。また藍実二匁《もんめ》（七・五グラム）を、一合の水で煎じて半量に煮詰めると、熱冷ましに効く。

「虫刺されに効くからとて、虫除けにはなるまい」

「藍染の着物だと、蛇や虫が厭がって近寄らぬそうです。青黛を塗れば蚊は来ぬでしょう。役者が隈取に使うそうですから、体に害はないはずです」

「たやすく手に入らぬであろう」

それに弟子の顔や手などの露出部に、青黛を塗るという訳にもいくまい。知人に見られでもしたら、どんな誤解を生むことか。

「蓼《たで》を岩の上に置いて石で叩き、その液を流せば小魚が浮きます」

「エゴノキとおなじで、体に悪いのではないのか」

「葉を擦りおろして酢に混ぜたものが蓼酢で、鮎《あゆ》の塩焼きには欠かせません。料理に使うくらいですから、体に悪くはないでしょう」

「ほれは喰うてもええし、蓼なら水際になんぼでも生えとる」

と亀吉が口出しをする。

「潰して出る汁を体に塗れば、蚊は寄ってこぬと思いますが」

「なるほどな」

「菊はほとんど虫に喰われることのない草花です。ムシヨケギクというのもあるそうですが、普通の菊でも効くと思いますよ。花を食べる菊もありますから、害はないでしょう」

「菊が咲くのは一月《ひと》も二月《ふた》も先だろう」

「茎や葉の絞り汁を使えば、よろしいと思いますが」

「なるほど。ほかには」

「権助の知恵袋はちいさいので、それくらいしか入ってませんです」

「蓬《よもぎ》の茎を切って何本も束にし、それで着物の上から叩くと、しばらくは虫が寄って来ん」

亀吉がそう言うと権助もうなずいた。

「いいかもしれませんな。蓬は葉っぱを揉んで傷に付ければ、血止めにもなりますし、膿《う》みません。人に害はないでしょうし」

「よし、わかった。おおきに助かったぞ」

二人が軍鶏の餌と水やりを終えたところに、道場の掃除を終えた若い弟子たちが、雑巾や水桶を手にどやどやと出てきた。

源太夫は掃除後の片付けが終わったら、たのみたいことがあると弟子たちに言った。弟子たちは道場に駆け入り、駆け出てきた。源太夫は見張りを命じる予定の連中の名を告げ、なるべく早く、道場ではなく母屋に集まるよう、呼びにやらせた。

全員が集まれば報せるように命じ、源太夫は道場の見所に坐った。半刻せぬうちにそろったので、指導は柏崎数馬と東野弥一兵衛にまかせ、母屋に向かった。

障子も襖も開け放ってあるので、若者らしい明るく弾んだ声がした。自分たちだけが道場の師匠に呼ばれたということで、緊張し同時に心が高ぶっているのだろう。不安が三分で期待が七分という心持ちだと思われた。

源太夫が庭に入ると、談笑が止み、十六の顔が、そして三十二の目が一斉に注がれた。

沓脱《くつぬぎ》からあがり、源太夫は袴の裾を叩いて上座に正座した。

「突然の呼び出しで御足労を掛けた」そこで源太夫は言葉を切り、一瞬の間を置いて続けた。「呼び出しの理由を言わなんだのは、それだけ重要だからだ。これから申すことは、親兄弟であろうと口外無用だ。みなが承知してくれるなら続けるが、もちろん強制ではないゆえ、受けかねる者は座を外してもらいたい。それによって、当人の評価を変えるなどということは断じてない」

ふたたび源太夫は弟子たちを見渡した。だれもが力強くうなずく。選ばれたとの誇りに目が輝いている。

「高橋の番所と前山において、二度にわたり雷、つまり煙火、音だけの花火だが、その雷が打ちあげられたことは、みなも知っておろう。町奉行所の懸命の探索にも拘わらず、何者が、なぜ、なにが目的で打ちあげたのか、まったくわかっておらん」

ところがここにきて、園瀬の盆踊りにねらいを定めている可能性が出てきた。旅宿や大店、寺社など、見物客を泊めるところのほとんどは、前年に予約をする。だから新規や変更になった者に、特に注意している。

そのような状況で潜りこむことは、極めて困難である。そこで考えられるのが、放置された古屋敷や農具置き場を塒《ねぐら》に、騒動を起こすことだ。

源太夫は讃岐の家士が写した絵図を、懐から出して拡げた。

「本日から三日のあいだ、三箇所の古屋敷と五箇所の農具置き場を、二人一組で見張ってもらいたい。名はそこに書いてある」

源太夫は古屋敷になるだろうと睨んでいるので、その三箇所に選んだのは特に信頼できる弟子たちであった。

「いい隠れ場所のあるところもあれば、簡単には近づけぬこともあろう。また、場合によっては、すでに賊が潜んでいることも考えられる。その辺りを含め、午後から探ってもらいたいのだ。賊が動くとすれば日没から、五ツ半（九時）までだと見ているが、そのあいだ思うように動けるか。どうだ、家の者に訊かれたらなんと言う」

源太夫に目を向けられた若侍は、ちょっと考えてから言った。

「友人と夜釣りをして、大物の鯰《なまず》をねらうと言います」

「釣りは好きか」

「はい」

「たいした腕ではないな」

「いえ、そんなことは」

「わしは権助と二尺（六十センチメートル強）の大鯰を釣りあげたことがある」

弟子たちが驚きの声をあげた。

「その夜は新月で星明かりの中で釣ったが、月が出た夜はまず釣れん。今夜は十三夜《いざよい》だし、盆踊りの終わる夜は望月《もちづき》だ」

「でしたら月夜の河原で夜稽古を、と」

「まだ、そのほうがましか。みなも親兄弟や知人に不信を抱かせぬ、いい理由を考えておくよう。それから、これだけは絶対に守ってもらいたい」

たっぷりと間を置いてから源太夫は続けた。

「もしも古屋敷か農具置き場にそれらしき者がいたら、あるいは入ったのを見たら、何人であるか、武士か、浪人か、長脇差か一本刀を差したならず者かを見定める。そして一人が見張りを続け、一人が報告するように。わしは小高根道場で待機しておるのでな」

「万が一、相手に見付かりましたら、いかがいたしますか」

「よく訊いてくれた。わしが一番心配なのはそこなのだ。おまえたちを選んだのは腕が立ち、慎重に振る舞え、冷静だからだ。だが、どんなことがあっても刃《やいば》を交えるな。見付かれば、二人とも逃げ帰ってもらいたい」

安堵の顔も見られたが、落胆した者のほうが多かった。

昼間は岩倉道場、夜は小高根道場に連絡すれば、源太夫と柏崎、そして東野が駆け付ける。夕刻は七ツ半（五時）すぎに出て、六ツ（六時）には小高根道場に着いていよう。門を出て巴橋を渡り常夜灯の辻、北に折れて寺町への道を進み、岩倉家の菩提《ぼだい》寺《じ》である飛邑寺《ひゆうじ》で右に折れて、赤土道を東に進めばほどなく小高根道場である。

「わたしたちは」

報告を終えた後は、どうすればいいのかとの問いだろう。

「道場剣法と真剣勝負はまるで別物なのでな、居合わせることができた者は見物しておればよい。見るだけでも学ぶことは多いだろう。ただし、鋼《はがね》入りの鉢巻と襷は用意しておくように。わかったな」

「はい」

「いかなることがあろうと口外無用である」

「わかりました」

声がそろっている。

「ところで厄介な問題がある。蚊だ。蚊遣りは使えない」

火が見えれば気付かれるし、煙もすぐに感付かれるからだ。

「いろいろ調べたが、藍染の着物は蛇や虫が厭がるとのことだ。藍の葉を揉んだら出る汁を、肌に塗るのがよいかもしれん。蓼も藍とおなじ効果がある。権助か亀吉に用意させておく。菊もいいそうなので、葉や茎から出る汁を塗っておくといいだろう」

蓬の茎を束ねて着物の上から叩くと、しばらく虫が寄らぬとのことだが、身を潜ませているので音を立てることはできない。

「六ツから一刻半（約三時間）なら、我慢できぬこともないでしょう」

「喰われても叩くことはできんのだぞ」

「大事の前の小事。蚊に喰われるなど、なんの痛痒《つうよう》も感じません」

「こいつの血を吸えば馬鹿になるので、蚊も吸やしませんよ」

どっと笑いが起きた。

「たのもしいな。では、聢《しか》とたのんだぞ。道場で軽く汗を流してゆけ。全員で動かず、さり気なく二人ずつでな。それから、柏崎と東野に来るように言ってくれ」

ほどなくやって来た二人の高弟に、源太夫は簡略に事情を話した。弟子に見張りを命じたことを伝え、今日は一度屋敷に帰り、暮六ツに小高根道場に行くように言った。明日と明後日は、昼間は岩倉、夜は小高根の道場に詰めることも、である。

六

昼食後、源太夫は讃岐を屋敷に訪れたが不在であった。家士に伝言をたのもうと思ったものの、考えなおして城に出向いた。

前日が十二日の評定日だったので、讃岐はそのおりに出た件で打ちあわせをしているとのことである。四半刻（約三十分）待って、手配などについて伝えた。

続いて目付の岡本真二郎に、本日より三日間、暮六ツから五ツ半までは小高根道場にいることを届けた。

源太夫は岩倉道場主であるが、藩士として禄を受けているので、一刻（約二時間）以上道場を開ける場合は、出先をわかるようにしておかねばならない。また予めわかっている場合は、藩庁に届ける義務があった。

続いて源太夫は町奉行所に廻った。

相田順一郎は、同僚や岡っ引たちの連絡と報告を待ちがてら、町奉行の城野峯之助と打ちあわせ中であった。

受け付けに出た当番方同心は源太夫の顔を見るなり、お見えになられるかもしれぬが、その場合はすぐお通しするように言われていると言って、先に立って案内した。

町手代と同心の控室で、城野と相田が数枚の紙片をまえにしていた。讃岐の屋敷で見たことのある、朱筆と朱線を引いた人物の一覧表である。

あいさつをしたあとで、相田はちいさく首を振った。

「それらしき者は今のところ」

「しっかりやってもらっているので、大助かりだ」

一覧表の人物に、黒の実線二本を引いたのは、確認ずみで問題がなかった人物だとわかる。昨日が宵日で今日が一日目、すでに半数以上の確認が取れているようだ。

「京都の書家が代理で寄越した絵師にも会いましたが、いい腕でしたよ。怪しいところはなく、人に会うとか、宿にだれかが訪ねて来ることもありませんでした」

昨夜は踊りが峠を越えると、蛇ヶ谷の宿泊先である松本にもどり、一合ほどの酒を飲んで寝、今朝早く起きて、うそヶ淵に川獺の絵を描きに行ったそうだ。運よく獺祭を見ることができたと、にこにこ顔であったらしい。註文主の書家なら、獺祭の画を高く買ってくれると思ったのだろう。

今日を入れて残り三日だが、これから来る領外からの見物客は、それほど多くはないようである。

町方が懸命に動いてくれているので、なにかをねらっている者がいても簡単には動けない。一亀が讃岐に話したことには触れず、念のため古屋敷や数人が潜めそうな農具置き場を、弟子に見張らせていると言うと、相田は顔を輝かせた。

「わたしも残るはそれだと思って気にはなっていたのですが、芦原さまや岩倉さまに相談していいものかどうか迷っておりまして」

「徒歩の組士の一部を当てようかとも思ったが」と、町奉行の城野が言った。「警備が手薄になって、いざという場合に手抜かりがあっては困る。また、増員するには御老職の許可を得なくてはならん。はて、どうしたものかと頭を痛めていたのだ」

「芦原さまと相談して決めたことなので、そちらは問題ないが」

実際には源太夫が決めて手配りし、讃岐に事後報告したのだが、城野と相田が安心するだろうと思い、そう言ったのである。

「園瀬にまでやって来るからには、調べ、計画を練り、全体の指揮を執っている頭《かしら》目、つまり首領がいるはずだ。見張りの弟子が、一味が古屋敷などに潜んでいるのを、あるいは忍びこんだのを見たとする」

　報せを受けた源太夫たちが急行し、一味を討ち果たしたとしよう。決めた時刻になっても騒動が起きないと、首領はどうするか。

　普通なら、事成らずと察知して、すばやく姿を晦《くら》ますだろう。見破られただけならまだしも、一味を捕えて白状させていれば、たちまち身に危険が迫るのである。

　しかし、相手方、つまり園瀬藩が、自分たちの目的を知らない場合は、どうであろう。捕えた者を拷問《ごうもん》してでも、知ろうとするだろう。それはなんとしても避けねばならないので、口を封じるしかない。となると、一味が身を潜めていた場に行くなり、なんらかの方法で確認するはずだ。

「どちらだと思われるか」

　そう訊きはしても、難問で簡単に答えられないのはわかっていた。御公儀が動いているらしいとは、言っていないので、後者については考えが及ばぬのであろう。

　御公儀だと断定できない状況で、うっかりしたことは洩らせない。明確にわかっているのは、軍記読みで講釈語りの乾坤斎無庵の弟子、乾坤斎幻庵こと鳴海三木助《なるみみきすけ》が御公儀隠密だったと言うことだけである。

　その後、要町の旅籠東雲に泊まった、俳諧師を名乗る松居笙生は、まずまちがいあるまい。高橋の番所の番人を薬で眠らせて雷を打ちあげたと思われる、京都の織物商の使用人だと名乗った保三も、恐らく御公儀隠密だと思われる。だが二人は、限りなく疑わしいが確証はない。

「やはり姿を消すでしょうな」

城野が熟考の末にそういうと、相田も同意してうなずいた。

「であろうな。かならず首領がようすを見に来ると決まっておれば、奉行所の力を借りねば、われらだけでは心もとない。取り逃がすであろうからな。しかし、来ることは考えにくいか」

「それがしはここに待機しておるので」と、城野が言った。「一味が隠れていることがわかれば、報せてもらえぬだろうか。動ける者がおれば、すぐに向かわせる」

「かたじけない。そのおりはよろしく願う。ではこれで」と辞去しかけてから、源太夫は相田に言った。「昨夜はたいへんな捕物で、噂で持ちきりだ。男をあげられたな」

「ケチな掏摸を捕えても、自慢にはなりませんよ」

取り調べは盆明けになるとのことであった。

掏摸は現行犯逮捕しか罪を問えないが、掏られた方にも油断があったからだということで、罰も重くはない。しかも園瀬では初犯なので、入墨《いれずみ》か敲《たたき》刑となるが、女には敲刑は適用されない。ふでは未遂に終わっているので、作治は共犯ではあるが入墨も敲きも免れ、二人は叱だけで終わるだろうということであった。茂兵衛、喬念、金太の三人は明らかに仲間だが、それだけでは罪を問えない。解き放ちとなる。

町奉行所を出ると、源太夫は途中で干菓子を買い、小高根道場に向かった。当日夜から三日間、数馬、弥一兵衛とともに、三人で暮六ツから一刻半、待機させてもらうよう頼むためである。

屋敷にもどると、昨日とおなじで、庭では子供たちが行水しながら騒いでいた。源太夫は早目に夕食を摂《と》ると、四ツ半（五時）すぎには屋敷を出た。巴橋を渡り、常夜灯の辻のかなり手前で裏通りに入った。

手には半開きにした白扇《はくせん》を持っていた。前方から人が来ると、顔のまえに掲げて隠すのである。

武家には盆踊りを観ることが許されていないので、「所要があって、踊り見物に行くのではない」と、それを形で示すのだという。どうにも馬鹿げているが、「軍鶏道《どう》場《じょ》の先生《せんせ》が踊りを見物しとった」などと言われるのもおもしろくないので、白扇を手にしたのであった。

小高根道場には、すでに数馬と弥一兵衛が着いていた。

あいさつをして表座敷に坐ったが、手持無沙汰で持て余してしまう。連絡が入ればすぐに飛び出さねばならないが、入るかどうかはわからない。かならず入ると決まっていたとしても、待つのは辛いものだが、それさえ不明というのはどうにも落ち着かぬものだ。

しかも岩倉道場だと、お囃子は風に乗って聞こえるくらいだが、こちらでは明確に聞こえるし、拍手や歓声も届くのである。

酒でも飲んでいれば多少は気がまぎれるかもしれないが、それではなんのために待機しているのかわからない。

結局、源太夫は小高根大三郎に、江戸の椿道場で相弟子だった榊原左馬之助《さかきばらさまのすけ》が、軍記読みの乾坤斎無庵となって岩倉道場に訪ねて来たところから、話すことにした。雷をめぐるあれこれを、小高根が知りたがっていたからである。御公儀隠密に関しては触れなかったが、かなり細かいことまで話すことになった。

途中から、数馬と弥一兵衛が耳をそばだてているのに気付いた。かれらも細部まで知っている訳ではなかったので、興味深かったようだ。

五ツ半（九時）を四半刻ほどすぎるまで待ったが、予想どおり連絡は入らなかった。

その夜、源太夫は熟睡できた。小高根相手に一刻半も喋りどおしだったので、ほどよく疲れたようである。

翌朝は欠伸も出なかった。

権助によると、前夜は掏摸の被害がなかったそうだ。宵日に相田たちが、江戸からの五人組を一網打尽にしたからだろう。掏摸はかれらだけではないだろうが、町方にすごいのがいると恐れ、掏摸を働かずに、ようすを見ていたのかもしれなかった。

弟子たちがやって来ると、見張りが思っていたよりも辛い仕事だとわかった。声を出せない、咳もクシャミもできないが、やはり蚊の攻撃が並大抵ではなかったようだ。

大事の前の小事だと見栄《みえ》を張った弟子が、特にひどかったようである。虫除けの話を思い出して、蓬や蓼がないかと探したが、なにしろ月明かりでは見分けられない。いや、そのまえに弟子は蓬も蓼もよく知りはしなかったのである。それではお手あげだろう。

蓬や蓼の汁を塗った者は、蚊の攻撃を受けなかったとのことである。

源太夫は権助と亀吉を呼んで、軍鶏の世話が終われば、蓼、蓬、菊の葉と茎で、なるべく汁のよく出そうなのを探し、十六個の束にして縄か紐で縛っておくように命じた。見張りの全員に持たせることにしたのである。

「蚊に喰われるのも辛かったですが、来るか来ないかわからぬ相手を待つ、これは地獄ですね」

弟子の一人がそう言ったが、源太夫には十分すぎるくらいよくわかった。

べつの弟子が言った。

「家の蚊は刺しますが、野や藪にいる蚊は喰い付きますね」

その夜も、源太夫と数馬、そして弥一兵衛は小高根道場で待機したが、連絡は入らなかった。

七

ついに最終日の朝となった。

庭に出た源太夫は、亀吉が餌を与え権助が水を注ぐのに付いて、軍鶏たちを見て廻る。味見と鶏合わせは中断しているが、一羽一羽の喰いっ振りを見ておかないと、どうにも落ち着かないのである。

換羽期まえなので、胸前や頸の羽毛が抜け落ち、ざらついた肌が露出したのがけっこういた。

前日、サトが実家に帰ったので、昨日今日はみつが浴衣を干している。先が二股になった棹《さお》で上の段に竿を移す。袖が滑り落ちて、白い腕の内側が眩しく輝いた。しばらく青天が続いているが、今日も崩れる心配はなさそうだ。このまま何事もなく終わってくれるといいが、そうは問屋が卸《おろ》さないだろう。

宵日になにごともなかったので、事は最終日に起きると源太夫は睨んでいた。その予想どおりになりそうだ。

どうせ踊りをぶち壊しにするのなら、庶民が十分に楽しんでからでも遅くない。今年が最後となるのであれば、多少は楽しませてやろうじゃないか、とそれくらいの考えなのかもしれない。

軍鶏の見廻りを終えると、道場に出て見所に坐った。見張り役の弟子が来るたびに、今日が最終日なので、早目に見張りに付くよう命じた。

集合場所としているなら、全員が一度に集まるとは考えられなかったからである。言われた弟子たちは、一刻（約二時間）くらいで稽古を切りあげた。だれもが、権助と亀吉が用意した草の束を持ち帰っている。

八ツ（午後二時）すぎに、古屋敷道場の見張りから第一報が入った。気付いた数馬と弥一兵衛が、見所にやって来る。

古屋敷道場は、大谷馬之助《おおたにうまのすけ》と弟の内蔵助《くらのすけ》が道場を開いたのが、その名の由来であった。壊しさえしなければ、どのように使おうとかまわないと、ごく安く借り受けて納屋を道場に改造したのだ。

今は農繁期に、小作人たちが泊まりこみで作業するために使っていた。

弟子によると、九ツ半（午後一時）と思《おぼ》しき時刻に、二人の浪人が屋敷に入ったとのことである。

ばらばらに集まると思っていたので、二人いっしょというのが意外であった。あるいは待ち伏せを警戒してとか、ほかの者が集まるまえにすることがあったのかもしれない。

田圃の中の道を、東からやって来たとのことだ。

高橋の番所と隣藩に繋がる北の番所のあいだの花房川には、二本の流れ橋が架けられている。そのどちらかを渡り、大堤を越えて水田の畦道におりたのだろう。高橋の番所や北の番所、常夜灯の辻などは避けると見ていたが、予想どおりである。

「七ツ（午後四時）か七ツ半（五時）、遅くとも六ツ（六時）までに全員がそろうはずだ。そろえば報せてくれ」

「全員と申されますと、何人でしょう」

「五人だ。六人ということがあるかもしれんが、五人が古屋敷に集まれば報せろ」

「わかりました」

一礼して弟子は退出した。

「先生の申されたとおりですね」

数馬が言った。

「獣のごとき勘も、捨てたものではなかろう」

古屋敷道場に入ったのなら、ほかの見張りは解散させても差支えないが、そのままにしておくことにした。なぜなら源太夫や数馬、そして弥一兵衛の剣技を見ようと、全員が古屋敷道場に集まるだろうからだ。

どんな相手か不明なのである。弟子を巻き添えにすることは避けねばならなかった。それに十人以上も集まれば、いくら慎重に動いても気付かれずにはすむまい。

「白扇は持っておるな」

二人の弟子は同時にうなずいた。

園瀬の盆踊りの最終日となれば、夕刻前から通りには人が溢れることだろう。裏道を通っても、人とすれちがわねばなるまい。となると、三人並んでという訳にはいかないか、などと余計なことにまで気を廻さねばならなかった。

七ツを四半刻（約三十分）ほどすぎた時刻に、古屋敷道場から弟子が駆け付けた。鼻の頭に汗の粒がならび、首筋からは滴り落ちている。交替したのだろう、先程とはべつの弟子であった。

「そろったようだな」

「はい。五人になりました」

「ご苦労。ご苦労ついでに引き返してくれ。われらはこれから小高根道場に向かう。陽が落ちて暗くなるまで動きはないはずだが、あればただちにそちらへ報せてくれ。くれぐれも注意するのだぞ」

「はい」

声を弾ませて弟子は飛び出して行った。

「三人いっしょはまずいので、まず、わしが行く。少しずらすなり、ちがう道を通るなりして続け。小高根道場で会おう」

気になってならないのだろう、ほかの弟子たちが稽古を中断してじっと見ているが、源太夫は無視した。どうせ、のちほど話さねばならないのである。

白扇で何度か顔を隠しながら、源太夫は小高根道場に着いた。大三郎に話していると、ほどなく数馬が、続いて弥一兵衛が到着した。

大三郎も同道したいと言ったが、ここを連絡先にしてあるので、というのを理由に断った。

陽が落ちてから三人は小高根道場を発った。辻や東西を貫く大通りで鳴り響くお囃子や歓声、そして拍手に急き立てられたところもあった。

篝火が焚かれている辻や大通りが明るく、東方の低い山々、その稜線の辺りも明るい。それもあって、水田の一帯は闇に沈んでいた。

源太夫がねらった一番発見されにくい、谷間のような、わずかなひとときである。古屋敷道場は常夜灯の辻からは、東北の方角に当たり、水田の中に島のように孤立している。小高根道場よりさらに遠いので、お囃子もほとんど届かなかった。

かれらが近付くのに気付いた弟子の一人が、屈《かが》み腰で小走りにやって来た。数馬と弥一兵衛が顔を寄せる。暗い中で、弟子の目が光った。

「妙な具合です」

「どういうことだ」

「衝立《ついたて》などで光が漏れないようにして、酒を飲み出したようです」

言外に、本当に騒動を起こそうとしている連中ですか、との疑念が感じられた。

「まずはたしかめよう」

鉢金付きの鉢巻を締め、細紐を取ると襷を掛けた。数馬と弥一兵衛もおなじく準備をする。

源太夫は先に報告に来た弟子に言った。

「町奉行所で城野どのが待っている。われら三人が相手をたしかめた上で斬り伏せるが、敵の首魁《しゅかい》が来るかもしれぬので、五ツ半まではここは動かぬと、そう伝えてくれ」

弟子はごくりと唾《つばき》を呑みこんで、うなずいた。

「奉行所へは裏通りを選んで行け。白扇を持っておるか」

首を振ったので、懐から予備に持ってきた白扇を渡した。

「人とすれちがいそうになったら、半開きにして顔を隠すのだ。焦ることはないので、慎重にな」

「はい」

「たのんだぞ」

弟子はうなずくと、数馬たちに目礼し、静かに場を離れた。

「あとから来た者はいないな」

もう一人の弟子が無言でうなずいた。

「黙って見ておるように」

源太夫は二人をうながしてすっくと立った。数馬と弥一兵衛が師に倣《なら》う。少しあとに見張り役の弟子が続いた。

かれらはゆっくりと古屋敷に向かった。ゆるい坂を上って行く。草鞋の下で砂利《じゃり》が鳴ったので、路傍《ろぼう》の草を踏んで歩くことにした。

小高い地に石垣を築き、白塀をめぐらせているが、漆喰《しっくい》の多くは剝げ落ちていた。半ば崩れた門を入ったとき、右手の東の空がわずかに明るくなった。目を向けると、山の稜線から月が顔を見せたところだ。松の木が黒い影として、月の輝きの中にくっきりと浮き出ている。

源太夫は足を止めて月を凝視《ぎょうし》した。山の端を離れる月は、思いがけない速さで全容を現す。見ているあいだに、東天に緋盆《ひぼん》のような月が浮き出た。すっかり明るくなった。

ほう、と思わず溜息が漏れる。三人は笑顔を見あわせた。幸先がいい、との思いが顔に出ている。

「才二郎、ではなかった弥一兵衛。江戸での相手よりは骨があると思ってかかれ」

「えッ。なぜ、そのことを」

「刃の下を潜ったかどうかは、顔に出るものだ」

弥一兵衛はなにか言い掛けたが、源太夫は目で黙らせた。

源太夫が先に立ち、その背後に数馬と弥一兵衛が適度な距離を置いて並ぶ。見張り役の弟子は、建物の軒下に留まらせた。

蚊遣りの煙が、建物の外にまで流れて来た。連中も苦労しているようだ。ときおり咳がするのは、その煙のせいにちがいない。

灯りが漏れているが、屋敷の外からは見えないだろう。声も聞こえる。それもけっこう野放図だ。

「だが本当にもらえるのか」

「疑い深いやつだな」

「無腰《むごし》の町人をぶった斬るだけだぜ」

「前金をもらったではないか。終わればその倍がもらえることになっておる」

「終わればやつは姿を消して、ただ働きでは馬鹿らしいからな」

「倍金が出るということはだ、騒ぎを聞いて駆け付ける侍の斬り賃だよ」低くて重々しい声がした。讃岐が言っていた凄腕の遣い手らしい。「どうせ田舎《いなか》侍だ。大したことはなかろうがな」

「軍鶏侍とかがいるのは、たしか園瀬ではなかったか」べつの声であった。「馬庭念流の、霜八川刻斎とやらを斬ったやつだ」

「刻斎は実力以上に恐れられていたのよ」先程の低く重い声である。「馬庭念流は粘《ねば》りに粘り、相手の疲れるのを待って、一瞬の隙《すき》を衝く。ところがやつは粘ることが苦手で、徹底して攻めを、先手必勝を信条にして闘った。やつそのものが矛盾《むじゅん》しておったのよ」

「しかし、軍鶏侍、たしか岩倉なんとかと言ったはずだが、秘剣の蹴殺しで、一撃で倒したという」

「刻斎は岩倉が秘剣を遣うことを知っておった。いや、だからこそ挑《いど》んだはずだ。ところが秘剣という言葉に惑わされたのだな。一方の岩倉は刻斎の名さえ知らなんだ。田舎侍ならむりもなかろう。刻斎の名を知らぬ岩倉には、やつの矛盾が見えた。それだけのちがいだ。もっとも刻斎の矛盾を見抜いたということは、一応は遣えるということではある」

「だが、その後も何人もが挑んで、ことごとく返り討ちに遭っておる」

「だからおれはこの仕事に乗ったのだ。岩倉を斬って金をもらえるなら、これほどありがたいことはない」

「凄い自信だな」

「田舎では軍鶏でも、江戸では矮鶏《ちゃぼ》にも劣るだろうよ」

「その辺りでよかろう」

源太夫が板の間に踏み入ると、四人の浪人は刀を摑んで片膝立ちになったが、中央に坐った男だけは悠然としている。

燭台の炎が揺れ、それにつれて男たちの影がおおきく動いた。

朦々《もうもう》たる煙は、二箇所で焚いている蚊遣りのせいであった。剝き出しの梁《はり》が霞《かす》んで見えるほどだ。

男たちのまえには湯吞茶碗が置かれ、車座の中央には徳利が鎮座していた。だが、その男だけは飲んでいない。四人が顔を赤くしている中で、一人だけ蒼白い顔が目立った。

気色ばんでいた男たちは、源太夫から目を逸らすことなく胡坐にもどった。坐っていても、飲まぬ男は四人より頭一つおおきかった。

「すぐに踏みこんでくると思っていたが、怯《ひる》んだか。盗み聞きとは、武士らしくない卑劣なおこないであるな」

「無腰の町人を斬って金をもらうような奴輩《やつばら》に、卑劣漢呼ばわりされたくはない。それを聞くまでは、命だけは助けてやってもよいと思っていたが、聞いたからには許す訳にいかん。お望みどおり、岩倉源太夫がお相手いたす。名を聞いておこう」

「名乗るほどの男ではない」

「名乗らずに死んでいった男は多い。一向に差支えないぞ。今宵は見事な望月だ。月光の下でと洒落るか、それともここがよいか」

「外でやろう。屋内《おくない》のせせこましさは、わしの剣には似合わん」

源太夫は二人をうながして、静かに建物を出た。

八

先刻よりいくらか高い位置で、月が皓々《こうこう》と照っている。物の影がくっきりと濃い。叢《くさむら》では早くも集《すだ》く虫の声がする。暑い日々が続いているが、秋がそこまで来ているのだ。

続いて出て来た男たちを見て、源太夫は例の男の体型が特異なことに気付いた。五人の真ん中にいて頭一つ分抜けているが、帯の位置はほぼおなじである。異様に胴が長いのだ。肩幅も広い。手も長かった。

「手出しはするな」

低い声でそう言うと、男は鯉口《こいぐち》を切り、大刀をゆっくりと抜いた。

源太夫も鯉口を切ったが抜刀はせず、両腕を脇に垂らし、脚を肩幅に開くと、わずかに膝を曲げた。守備にも攻撃にも対処できる、源太夫のたどり着いた構えであった。

男は上段に振りかぶった。それを見てから源太夫も抜き、正眼に構えた。男の両目の真ん中に切先を据える。

そのまま両者とも動かない。

じり、と男が足を摺り、間を詰める。

源太夫は微動もしない。

じり、と男がさらに間を詰める。

それでも源太夫は動かない。

男の上体がわずかに伸びた瞬間、源太夫は突進すると見せ、男が振りおろすと同時に後ろに跳んだ。太刀《たち》が空を斬る。太刀風が顔を圧したが、切先はわずかに届かなかった。

男が再度振りかぶろうとした刹那《せつな》、突進した源太夫の剣が、男の心の臓を貫いていた。

どっとばかりに倒れた男の懐から、白い物が地面に落ちた。白扇である。

四人の浪人が同時に抜刀した。二人ずつに分かれて、数馬と弥一兵衛に斬り掛かる。三人を倒さない限り、死地を脱することができぬと覚ったのだろう。

源太夫は刀身に拭いを掛けると鞘に納めた。

「生かすことはない。叩っ斬れ」

数馬と弥一兵衛が冷静なのを知った源太夫は、浪人たちを焦らせ、煽《あお》ったのである。

「わしがついておる」

そうでなくても浮足立っていた浪人は、遮二無二《しゃにむに》斬りかかるが、見切っている数馬は楽に躱した。相手が体勢を崩すと頸の血の脈を切り裂き、返す刀でもう一人を袈裟《けさ》懸《が》けに斬りおろした。

弥一兵衛は一人の咽喉仏を、もう一人の心臓を衝いて絶命させていた。

数馬が袈裟懸けにした相手が、苦しんでいるので源太夫は止《とど》めを刺すよう命じた。

「いかなる相手であろうと、いたずらに苦しめてはならん。武士の情けというものだ」

見張り役だった弟子が棒立ちになっている。月光の下だけに、蒼白になった顔がひときわ白く見えた。

「浪人の処理は町方の役目だが、せめて莚なり莫蓙《ござ》なりを掛けてやれ。どこかにあるだろう」

「は、はい」

弟子は震える声で返辞をしたが、軒下で突っ立ったまま動こうとしない。

「どうした」

「灯が消えています」

「しょうがないな」

弥一兵衛が苦笑すると、数馬が弟子に言った。

「腕が立ち、度胸があるので、先生が見張りに選ばれたのだ。そんなことでは、先生に恥を搔かせることになるぞ」

「す、すみません」

蚊の鳴くような声でそう言うと、弟子は建物に入った。笑いながら、数馬と弥一兵衛がそれに続いた。

源太夫が四人の懐を探ると、いずれも白扇を忍ばせていた。

ごそごそ言わせていたが、ほどなく三人は死骸に掛ける莚などを持って出て来た。数が足らなかったので、源太夫が倒した男は衝立二枚でなんとか被うことができた。

ほどなくもう一人の弟子がもどった。町奉行の城野峯之助に伝えたところ、なるべく早く町同心の相田順一郎に連絡する、とのことであった。

「ご苦労であった。ゆっくり休んでくれと言いたいところだが、二人にはもうひと仕事してもらわねばならんのだ」

そう言って源太夫は懐から、例の絵図面を取り出した。

「ほかの見張りの居るところはわかるか。わからなければ、これを持って行くがよい。順に廻って、事は終わった。賊は倒したゆえ、家にもどって休むがよい。ご苦労であった、とわしが言っていたと伝えてくれ」

うなずいて行こうとする弟子に、数馬が言った。

「どんな賊だったとか、なにを企んでいたとか、今、先生のおっしゃった以外の、余計なことは一切話さぬように。わかったな」

「はい」

「月は出ているが、十分に気をつけろ」

「わかりました。では」

二人はちいさく頭をさげると姿を消した。姿が見えなくなるのを待って、源太夫は言った。

「やつらの話からもわかっただろうが、盆踊りがもっとも盛りあがるころに、五人が踊りの輪に斬りこんで、ひと騒ぎ起こすとの魂胆だった」

五人を雇い、命じ、終われば落ちあって金を払うはずの男は、常夜灯の辻かどこか、騒動を起こす場の人混みに紛れているはずである。ところが予定の時刻になっても、なにも起こらないとどうするか。

町奉行の城野と同心の相田は、異変を察知して身を晦ますと言った。だが源太夫の考えはちがう。御公儀隠密であれば、その理由を知ろうとするだろう。場合によっては五人の口を封じねばならない。

「ゆえにかならず姿を現す。なんとかして、生きたまま捕えねばならぬ。五人は恐らく金のために雇われ、詳しいことは知らぬ。だから止めを刺させた」

言いながら源太夫は腕の蚊を叩きつぶした。先刻から繰り返し、腕や脛《すね》、そして首筋を叩き続けていた。

「草の束を持って来ればよかったな」

「見張りの居た場所を見てきます」

言いざま、弥一兵衛は駆け出したが、ほどなく草の束を手にもどった。

「多少は残っております。どうぞ、先生」

束を受け取った源太夫は、匂いで蓬を選んだ。やわらかそうな葉を茎から捥《も》いで、親指と人差指で磨《す》り潰す。それを露出した皮膚に塗った。少しひんやりする。

決めた時刻に騒動が起きなくても、相手はすぐには動かないだろう。四半刻はようすを見るにちがいない。

「どちらから来るか」

弥一兵衛が怪訝な顔になった。古屋敷道場の門は南にあり、常夜灯の辻など踊りがおこなわれているのは、南西の方角に当たる。とすれば当然だが、門からとなるに決まっているではないか。源太夫もそう思っている。

「やつは五人が現れなかった理由を考えるだろう。まず前金を受け取って逃げた。事を終えれば倍金が出ると言っていたが、残念ながら前金の額はわからない」

「園瀬まで来て、前金だけで逃げないでしょう」と、数馬が言った。「どういう取り決めがあるかは知りませんが、かならず報復されるでしょうから」

「そうだな。するとどういうことだ。藩の手の者によって全員が捕縛された。もしくは斬り殺された。そのいずれかだ、と考えるだろう」

実際には全員斬り殺されたが、相手はそれを知らない。一番の不安は捕えられ、あるいは傷付いて拷問された場合だ。それをもっとも恐れている。

だからかならずたしかめに来る。

「緊急の事態が起きたのです。しかも夜ですから南、でなければ西からでしょう」同意を求めるように弥一兵衛が言った。「北からや東からは遠廻りになりますし、地理不案内の身では」

「不案内とも言い切れぬ」源太夫の言葉は、数馬も意外だったらしい。「わしの斬った男の懐から白扇が落ちた。念のため調べたら、ほかの四人も持っていた」

ということは、園瀬の盆踊りのあいだ、庶民とすれちがう武士が扇で顔を隠す習慣があることを、知っていたということになる。

「ゆえに地理不案内とも言い切れぬ。が、やはり北と東は選ばぬだろう。一刻も早く状況を知りたいだろうからな。ところでわしはうっかり勘ちがいをしておった」

「エッ」

と二人が同時に声をあげた。

「五人を倒したのは六ツ（六時）を少しすぎたころであった。やつらは、前景気の酒を呷《あお》ったらすぐに出掛ける気でいたのだ」

盆踊りがもっとも盛りあがるのは、五ツ（八時）から四ツ（十時）である。だから源太夫は、連中が騒動を起こすのは五ツだと見ていた。

ところが今宵は最終日である。最終日は毎年、陽が落ちるなり熱狂状態となり、九ツ（午後十二時）ころまでそれが続く。

「かれらが出発直前だったとなると、到着までの時間を考えれば、六ツ半（七時）に始める予定だったのだろう」

それが始まらなかった。四半刻ようすを見てから動くとして、ここに到着するのは五ツころと考えておいたほうがいい。

「すると、そろそろ」

源太夫と数馬が崩れかかった門の両脇に潜み、弥一兵衛は塀の隙間から西側を監視することになった。水田の稲は刈り取りには間があるので、来るとしたら畦道からとなる。そのため、何箇所かを見ていればよかった。

時の鐘が五ツを告げてほどなく、門に続く坂道を下りきった辺り、およそ一町（約百九メートル）ほど先に人が立った。かなり長いあいだずっと、古屋敷のようすをたしかめているらしかった。

やがてこちらに向かって来る。頭の位置が一定しているのは、膝と腰を使ってむだなく動いているからだ。歩いているのだが小走りだと感じるくらい速い。

源太夫は鯉口を切った。

男である。三十代半ばであろうか。門の直前で立ち止まったのは、月光の下、莚や莫蓙を被せられた死骸に気付いたからか、いや、死骸とわかるはずがない。とすれば血の匂いを嗅《か》いだからかもしれない。

男が意を決したように門内に入った瞬間、源太夫の刀が一閃した。

悲鳴もあげずに男が転倒した。逃亡を防ぐため、右足のうしろ、踵《かかと》のすぐ上の腱を斬ったのである。

跳びかかった源太夫は男の右腕を足で踏み付けると、懐から手拭を出し、猿轡を咬ませた。御公儀隠密であれば、舌を嚙み切る恐れがあったからだ。

数馬が続いて弥一兵衛が駆け寄った。源太夫は襷で男を縛りあげた。

「弥一兵衛、町奉行所に走ってくれ。御奉行に賊の五人を斬り伏せ、首魁を捕えたむね伝え、死骸と怪我人を運ぶため、大八車を二台手配してもらってくれ」

「はい」

駆け出した弥一兵衛がほどなくもどってきた。なんと同心の相田順一郎といっしょであった。すぐあとに岡っ引と下っ引が続いている。

相田は汗びっしょりであった。下っ引の報せで町奉行所にもどった相田は、城野に事情を知らされ、古屋敷道場まで駆けて来たのである。

概略を説明したあとで、先程、弥一兵衛に言った手配の件を話すと、相田はすぐに下っ引に命じた。

「そのまえに」と、源太夫は全員に念を押した。「この件に関しては伏せておくように、御奉行と中老の芦原さまに、処置について相談するのでな」

相田は目顔で下っ引を走らせた。

「弥一兵衛、芦原さまに、この件について町奉行の城野さまとともに、ご相談したきことがありますので、と町奉行所まで御足労ねがってくれ」

弥一兵衛が讃岐のもとに向かうと、一味について確認事項を話しあい、源太夫は数馬を同道して町奉行所に向かった。

道を急いだが、盆踊りのお囃子が次第に大きくなる。裏道を通って、ときおり白扇を使いながら、町奉行所に着いたのは五ツ半（九時）ごろであった。

冷水を何杯も飲み、下帯ひとつになって、絞った手拭で何度も体を拭き清め、一段落したところに、讃岐と弥一兵衛が到着した。

　御公儀隠密であるかどうかの確証は取れないので、それには触れずに話を進めるしかない。首魁らしき男を拷問に掛ければ、あるいはわかることもあるだろうが、御公儀隠密であれば自白することは考えられない。

　結局、盆踊りの騒ぎに浮かれているのに乗じ、盗みに入ろうとしている一味に気付いて、連絡を受けた岩倉道場のあるじと二人の師範代が、斬り伏せて未然に解決した、という筋書きですませることにしたのである。

　見物客を無差別に斬る予定であったなどと知れば、翌年の予約はほとんど取り消しになり、見物人が激減することは目に見えていた。世に知られた園瀬の盆踊りを、おおきな収入源としている領民は多いのである。

　なんとか危機を乗り切ったと思ってひとまず安堵したが、翌朝、食事もすませぬ時刻に町奉行所からの使いがあった。

　急ぎ駆け付けると、次々と、讃岐、数馬、弥一兵衛らもやって来た。

　前夜、町方同心の相田は医者に男の右足首の傷を手当てさせた。かれは閃くところがあって、二人の男を呼び寄せた。

　一人は雷が打ちあげられたときの高橋の番人で、顔を見るなり叫んだ。

「こいつ、みやこ屋の保三です。おまえのお蔭で」

と殴り掛かりそうになったので、押さえるのにたいへんな苦労をしたという。

もう一人は盆踊りの最終日という多忙の中、足を運んだ要町の旅籠「東雲」のある

じ与平である。

「俳諧師の松居さんですが、どうしてこんなことに」

自分の直感が的中したことに、相田は驚いたなどというものではなかったという。

信じられなかったそうだ。

相田は知らされていなかったが、その事実こそ、保三こと松居笙生が、御公儀隠密

であることの証《あかし》であったはずだ。

二人の証人を帰した相田は、男の縛《いまし》めをたしかめた上で、猿轡《さるぐつわ》を外した。

「一つだけ教えてもらいたいことがある。たった一つだ」

「みやこ屋」の使用人保三こと俳諧師の松居笙生は、感情のない顔をしたままだっ

た。しばらく見ていたが、まったく変化は現れない。どうやら応じる気はないらしい

と諦めて相田が腰をあげると、男がポツリと漏らした。

「一つだけだな。答えられることなら、答えてもよい」

相田は屈みこんだ。相手の顔にはやはりなんの変化もない。

「高橋の番所で、竹筒の水を飲んだ。おなじ水を飲んだ四人の番人は眠ったが、おぬしは雷を打ちあげて姿を晦ませた。あれはどういう手妻か教えてもらいたい」

男の表情に微かに変化があったが、すぐにもとにもどった。苦笑したのかもしれない。

「相手を信用させるには、まず自分が飲むことだ。そしておなじ物を飲ませる」

「なのに、四人は眠らされ、おぬしはなんともなかった」

「毒薬、眠り薬、痺れ薬は、普段から少しずつ飲んでおると効きが弱くなり、次第に効かなくなる。だが、初めての者はたちまちやられてしまう。相手が寝たのを見て毒消しを飲めば、案ずることはない」

「なるほど、そういうことだったのか」

「園瀬はのどかで、よき郷《さと》であるな」

「なにが言いたい」

「同心ともなれば、それくらいは知らぬ者はなかろうぜ」

男は鼻の先で笑った。

「ありがとよ。あとは明日聞かせてもらおう」

相田は男に猿轡をかませると，牢に入れて錠をおろした。

疲れが澱《おり》のように澱《よど》んでいた。相田はゆっくりと牢を出た。明日、たっぷりと吐かせてやるからな、と思いながら。

ところが、朝、牢を覗いた相田は愕然となった。男が縊死《いし》していたのである。「そんな馬鹿な」と思わず叫んだが、すでに冷たくなっていた。

後ろ手に縛られながら縄抜けし、その紐を格子に掛けて輪を作り、縊《くび》れていたのだ。足首の腱を斬られては逃亡もかなわず、待っているのは拷問だけである。となれば自死の道しかなかったのだろう。同心相田の縛めを抜けたこと一つを取っても、常人にできる技ではない。まちがいなく御公儀隠密だが、今となってはたしかめる術《すべ》はなかった。

源太夫は唐突に、そもそもの最初からまちがっていたのかもしれない、との思いにとらわれた。

軍記読みで講釈語りの乾坤斎無庵と幻庵の師弟は、園瀬藩に特別な目的を持って探りに来たのではなかったのかもしれない。二人は各地を口演して廻りながら、なにかおかしなものを感じれば報告をする程度の役目であった可能性もある。いや、幻庵がいっしょということは、下調べをしてからそれぞれの専門職に引き継ぐのだろう。

だから二人を素知らぬ顔で見送っておれば、なんら問題はなかったとも考えられる。ところが金の分配で仲間割れをして相討ちになった、などと見え透《す》いた理由で処理したために、却《かえ》って疑惑の目で見られるようになったのではないだろうか。

それが俳諧師松居笙生を呼び寄せ、京都の織物商「みやこ屋」の使用人保三に化けさせての高橋での雷の打ちあげ、さらには前山での第二の雷騒動に繋がったのだ。それが緊急時の士卒の配備、その手順や所要時間を見るためだとすれば手がこみすぎている。

また、二度にわたる雷が警告だったとすれば、なんとかそれに対処し、無腰の庶民を無差別に殺める凶手から守ることはできた。しかしそれは、双六《すごろく》の「上がり」ではなかったのかもしれない。

危機を乗り切ったと安堵したが、糠《ぬか》喜びだったのか。新たな危機を呼びこんだだけだったのか。

源太夫には「なぜだ」との疑問だけが残ったのである。

危機

一〇〇字書評

切り取り線

購買動機（新聞、雑誌名を記入するか、あるいは○をつけてください）	
□（　　　　　　　　　　）の広告を見て	
□（　　　　　　　　　　）の書評を見て	
□ 知人のすすめで	□ タイトルに惹かれて
□ カバーが良かったから	□ 内容が面白そうだから
□ 好きな作家だから	□ 好きな分野の本だから

・最近、最も感銘を受けた作品名をお書き下さい

・あなたのお好きな作家名をお書き下さい

・その他、ご要望がありましたらお書き下さい

住所	〒				
氏名		職業		年齢	
Eメール	※携帯には配信できません		新刊情報等のメール配信を 希望する・しない		

この本の感想を、編集部までお寄せいただけたらありがたく存じます。今後の企画の参考にさせていただきます。Eメールでも結構です。

いただいた「一〇〇字書評」は、新聞・雑誌等に紹介させていただくことがあります。その場合はお礼として特製図書カードを差し上げます。

前ページの原稿用紙に書評をお書きの上、切り取り、左記までお送り下さい。宛先の住所は不要です。

なお、ご記入いただいたお名前、ご住所等は、書評紹介の事前了解、謝礼のお届けのためだけに利用し、そのほかの目的のために利用することはありません。

〒一〇一－八七〇一
祥伝社文庫編集長　坂口芳和
電話　〇三（三二六五）二〇八〇

祥伝社ホームページの「ブックレビュー」からも、書き込めます。

http://www.shodensha.co.jp/bookreview/

祥伝社文庫

危機《きき》 軍鶏侍《しゃもざむらい》

平成26年12月20日　初版第1刷発行

著　者　野口卓《のぐちたく》
発行者　竹内和芳
発行所　祥伝社《しょうでんしゃ》
東京都千代田区神田神保町3-3
〒101-8701
電話　03（3265）2081（販売部）
電話　03（3265）2080（編集部）
電話　03（3265）3622（業務部）
http://www.shodensha.co.jp/
印刷所　堀内印刷
製本所　関川製本
カバーフォーマットデザイン　中原達治

Printed in Japan ©2014, Taku Noguchi　ISBN978-4-396-34088-9 C0193

祥伝社文庫の好評既刊

野口卓　軍鶏侍《しゃも》

闘鶏の美しさに魅入られた隠居剣士が、藩の政争に巻き込まれる。流麗な筆致で武士の哀切を描く。

野口卓　獺祭《だっさい》　軍鶏侍②

細谷正充氏、驚嘆！ 侍として峻烈に生き、剣の師として弟子たちの成長に悩み、温かく見守る姿を描いた傑作。

野口卓　飛翔　軍鶏侍③

小椰治宣氏、感嘆！ 冒頭から読み心地抜群。師と弟子が互いに成長していく成長譚としての味わい深さ。

野口卓　水を出る　軍鶏侍④

強くなれ——弟子、息子、苦悩するものに寄り添う、軍鶏侍・源太夫。源太夫の導く道は、剣のみにあらず。

野口卓　ふたたびの園瀬　軍鶏侍⑤

軍鶏侍の一番弟子が、江戸の娘に恋をした。美しい風景のふるさとに一緒に帰ることを夢見るふたりの運命は——。

野口卓　猫の椀

縄田一男氏賞賛。「短編作家・野口卓の腕前もまた、嬉しくなるほど極上なのだ」江戸に生きる人々を温かく描く短編集。

祥伝社文庫　今月の新刊

夢枕　獏　**新・魔獣狩り12&13**　完結編・倭王《わおう》の城　上・下
総計450万部のエンタメ、ついにクライマックスへ！

加治将一　**失われたミカドの秘紋**　エルサレムからヤマトへ—「漢字」がすべてを語りだす！
ユダヤ教、聖書、孔子、秦氏。すべての事実は一つの答えに。

南　英男　**特捜指令　射殺回路**
老人を喰いものにする奴を葬り去れ。超法規捜査始動！

辻堂　魁　**科野《しなの》秘帖**　風の市兵衛
宗秀を父の仇と狙う女。市兵衛は真相は信濃にあると知る。

岡本さとる　**合縁《あいえん》奇縁《きえん》**　取次屋栄三
愛弟子の一途な気持は実るか。ここは栄三、思案のしどころ！

小杉健治　**まよい雪**　風烈廻り与力・青柳剣一郎
佐渡から帰ってきた男たちは、大切な人のため悪の道へ……。

早見　俊　**横道《よこみち》芝居**　一本鑓《やり》悪人狩り
男を守りきれなかった寅之助。悔しさを打ち砕く鑓が猛る！

今井絵美子　**眠れる花**　便り屋お葉日月抄
人生泣いたり笑ったり。江戸っ子の、日本人の心がここに。

鈴木英治　**非道の五人衆**　惚れられ官兵衛謎斬り帖
伝説の宝剣に魅せられた男たちの、邪な野望を食い止めろ！

野口　卓　**危機**　軍鶏侍
園瀬に迫る公儀の影。軍鶏侍は祭りを、藩を守れるのか!?